引越し、ヨット、凪《なぎ》、出航

毎日、ふと思う⑱　帆帆子の日記

浅見帆帆子
Hohoko Asami

廣済堂出版

カバー・本文イラスト／浅見帆帆子

つれづれなるままに、日くらし、硯《すずり》にむかひて、
気の向くままに　毎日パソコンに向かい
心にうつりゆくよしなし事を、
ふと思いつく何気ないことを
そこはかとなく書きつくれば、
なんとなく書いていると
あやしうこそものぐるほしけれ。
不思議なほどワクワクしてくる

吉田兼好

浅見帆帆子

２０１８年１月１日（月）

あけましておめでとうございます。この日記も今年で18年目。日記についての今年の目標は、「より正直に、自分の思っていることを丁寧に書きたい」ということ……なんて、日記に目標なんて必要ないかも。そのときの気持ちが一番いいに決まっている。


今日は7時に起きた。お昼に身内が集まるまでにいろいろ準備をしなくては、と思うと、やることが多すぎて新年早々イライラしてしまう。

「帆帆ちゃん、シャキッとするためにお風呂に入ったら？」と彼（夫）が言うので、入る。プリンス（息子8ヶ月）も入れて、さっぱり。

そして気持ちの上がる人たちに、ラインで新年の挨拶をした。

今年は気分の上がることをチョコチョコ取り入れたい。

12時頃、みんなが来る。

「お、大きくなってる」と私の弟がプリンスを見て言う。そしてプリンスの前にヌーッと顔を突き出して脅かしたりするので、プリンス、号泣……。まったくもう……わざとやってる。

弟は、昨年銀行を退職、そして起業する。それから髪の毛を伸ばしだしたら本来の天然パーマが出てきて、今、クルクル。プリンスとそっくり。「パーマかけたんですか？」と聞かれるくらいらしい。だろうね。

「『モアナと伝説の海』のマウイみたいじゃない？」と私の夫。

乾杯をしてお節を食べ、そのままダラダラとすき焼きに入り、夕方、恒例の書き初めをする。

今年はまだなにも言葉が浮かんでいない。去年はなににしたっけ？「安産」だっけ？　現実的すぎるから、それ以外にもうひとつ書いたような気がするけれど、覚えていないな。

男性陣は「もう決めてる」と言って、全員さっさと書き始めた。

私は毎年「篆書体《てんしょたい》」でも書いている。ネットで検索したら「大喜び」という篆書体の形が気に入ったので、「大喜び」にした。他に、普通の日本文字でもなにか書きたい。

こういうの、性格が出るよね。私と弟の奥さんは、書き始めると意外とじっくりと、納得いくまで何枚も書くので時間がかかる。私のママさんは決めたことをサッサと書いて終了。男性陣もみんなさらっと。

でも全員に共通しているのは、みんな楽しい言葉が好きだということ。

「スルスルスルスルー、っとうまくいくような意味の言葉がいいな」

「知らないあいだに、かなっちゃうような感じね」

「全部思い通りに順調にいく、っていう意味の四字熟語って、なんかある？」

「（誰かがネットで検索して）……順風満帆だって……」

「う～ん、それはちょっと違うんだよね～」

「わかるわかる」

「世界に出たい感じの言葉は、どんなのがある？」

「去年、誰かが『世界進出』って書いてなかった？」

「ぼくぼく」

「……した？（笑）」

「気持ち的には充分しましたよ、挑戦がたくさんあったからね」

「ああ、それいいね、自分の中での挑戦した感、ね」

「『進出』っていうほど大げさじゃなくて、世界に出る感じの言葉、ない？」

「なんだよ、それ（笑）」

「もっと気楽な感じの。今年は去年より気楽に愉快にやりたいんだよね」

「え？　もうやってるじゃん……」

「『好きに生きる』っていうのは？」

「それも、もうやってるじゃん」

「もっと好きに生きる、にしようかな……」

という感じ（笑）。

そんな中でも、弟は何度もプリンスに変顔をしたり、変な格好で近づいたりして号泣させている。

「そういうことしないの！　心に残るから」と本気で怒っている私のママ。

終わって、御雑煮を食べたり甘いお餅を食べたりして、またダラダラと。

1月2日（火）

やっぱり新年っていい。今年からこうしよう、という新しい気持ちでいっぱい。一日を丁寧に生きよう、と思うだけでもいい感じ。

きのうの夜、「今年やりたいこと１００個」を夫と書いた。今は、その中のひとつ、「朝起きてすぐに日記を書く」をやっているところ。起きてすぐじゃなくてもいいんだけど、ひとりになったらすぐに書く、と決めた。

まだ今年のやりたいことは30個くらいしか思いついていない。

これから夫の実家に行くので、今日の夜、続きをしようっと。

夫の実家に行って、とてもいい時間を過ごした。

いつも思うのだけど、夫のお母様って、根本的に優しい。私が思う「優しい」というのは、言葉丁寧に他人を気遣ったり気にかけてくれることではなく、簡単に言えば自立していて他人のことをほうっておくことができる、ということだ。ほうっておいてくれるというのは、その人のしていることを信頼しているということ、信頼しているから安心して手放せるのだ。

そして、とにかく物事のよい面しか見ないし、自分が居心地よく捉えることができる……それ、私が今年徹底しようと思っていることだ。

すべてを心地よく感じる捉え方をする!

そう思った矢先に余計な心配を思い出して、

「ねえねぇ、あれってこうかな? (こうなっちゃったら嫌だね)」

と夫に話しかけたけど、

「……違うよね、そんなことにはならないよ」

とすぐに打ち消しておいた。すぐに打ち消す、切り替える。

どうにもならない心配ごとがある場合の「心地よく捉える」は、「すぐに考えるのをやめる」だと思う。


そう、ほとんど(すべて?)の悩みは、自分が創り出していると思う。

今書いたちょっとした心配(勘繰り?)もそうだけど、そこにグーッと意識を向けると、それにまつわる憂うつな事柄がグググーッと広がって、今すぐ手を打たなければいけないような気になってくる。ただの想像なのに。

それがたとえ事実でも、目の前の「今ここ」で起きている以外のことを悩む必要はないんじゃないかな。目の前の今ここで起きていることには実質的な対処が必要だろう。でもそれ以外のことは過去か、未来のことで、今考えても仕方がない。「今ここ」にないことに意識が集中しそうになったら、今年はどんどん後ろに流そうと思う。

1月3日（水）

プリンスの離乳食が本格的になって大変になってきた。

でもまあこれも慣れだろう。なんでも、慣れ。去年、生後3ヶ月のプリンスを連れて軽井沢に行ったとき、朝の5時から準備を始めて、家を出たのは10時だった……。それが今ではパパッとできるもんね。

最近のプリンスは、ますますよく動き、アウアウとよくしゃべる。腰も座って、絵本などをひとりで眺めている姿は、そりゃあ可愛い。こんなに可愛いものが世の中にあるかと思うほど。親バカは誰にでもやってくる。

今日から仕事をする予定なので、プリンスを預かってもらうついでにママさんとカフェでお茶。この「ママさんとお茶」の感覚、本当に久しぶり。私のベース、エネルギー源、打ち合わせなど、すべてを包括している。

「そこに今後はシッターという役割も入るわけね……」

とママさん。最近の近況報告を弾丸のように話す。

「やっぱりこういう時間がないとね」とママさんも満足そう。


帰ったら、駅伝がすでに10区まで進んでいて、もうすぐ青学が優勝というところだった。母校が4連覇だなんて信じられない。ここまで続けば原監督の教えも本物だろう。ワクワク大作戦、ハッピー大作戦……つくづく、うち（青学）らしいなあ、と今年もまた思う。

「駅伝優勝でおなじみの青学」とかいうテロップを見て、「これは私たちの知っている青学じゃないよね（笑）」と同級生にラインしたら、「たしかに違う学校（笑）、でもさ、自由で型にはまらなくて楽しいことは大事っていう校風を言葉にすると……ワクワク大作戦じゃない？（笑）」ときたので笑えた。


午後、仕事。寝不足で途中1時間ほど昼寝。

あまりはかどっていない……でも今年はすべてを居心地よく捉えるんだった、と思い出して、「今日は充電の日だった」と思うことにした。

1月4日（木）

早朝に起きて、仕事。今日はものすごくはかどっている。今は新刊『あなたは絶対！運がいい3』の最後のツメ。あと少し。

午前中、「週刊朝日」の取材を受ける。私の本を昔から読んでくださっている編集者さんだったので、この方にはピピッと言いたいことが伝わるのだけど、「問題は、これをこの雑誌の読者にどう伝えるか、なんですよ〜」とおっしゃっていた。なんだか、心洗われる取材だった。

1月5日（金）

ネイルサロンへ。長年の担当のKさんに去年のクリスマスの息子さんのその後の話を聞く。それは、「クリスマスのちょっと前にお誕生日がある息子さん（小1）にねだられるまま、誕生日もクリスマスも、それぞれ別のゲームの機械（本体）を買ってあげていいものか」という話だった。

たしかに続けての大きなプレゼント……でも、その誕生日がもし離れていたら気持ちよく買ってあげると思うから、たまたま誕生日が近いというだけで買ってあげないのはかわいそうだよね～、ということで、私の答えはこう。

もう小学校1年生だから、状況をそのまま話す……つまり「もし今度のクリスマスでそれを買ってあげると、来年の誕生日まで1年近く、ずっと大きなものは買ってあげられないことになるけど、それでもいい!?」と話し、今すぐではなく、少し先に買ってあげるときを一緒に決める。そしてクリスマスには、ゲーム機本体ではなく、もう少し小さなもの、彼の中での次の望みをプレゼントする。

Kさんの息子さんも、サンタさんへの手紙の中に「1、○○○のゲーム機（本体）2、ゲームのソフト2本、3、ゲームのソフト1本」とか書いているらしいし。可愛いね、書きながら、これはダメかもしれないと思って2番目を用意しているんだよね。

Kさんも、私の考えの通りにしたらしい。ゲーム本体はもう少し先のお楽しみにして、クリスマスにはゲームのソフトをいくつか買ってあげたという。

子供との対話って、面白い。会話の中に、日々、その子の人生を望ましいほうへ進めるチャンスがある。私の考える「望ましいほう」とは、「そういうふうに考えたほうが人生は楽しいよ」という考え方を伝えること。

1月6日（土）

夜、ついに新刊の原稿を書きあげた！！！　うれしい！　編集者さんには妊娠した頃から待ってもらっているので、1年半くらいお待たせしたことになる。最後のほうは、読者はもちろん、廣済堂出版の編集Iさんのことを思いながら書いた。

実はこの数日、なんとなく気持ちが落ちていたのだけど、すっかり回復した。

私の好きな「あること」について考え始めたら、急に人生が充実したように楽しく感じられて気持ちが戻ったのだ。やっぱり私は「それ」について考えることが好きなんだなあ、と再確認する。サーッと雲が晴れるように未来が明るくなった。

それをママさんに電話で話したら、「あら、あなた前回も同じ方法で戻ってたわよ」と言われた。たしかにそうかも……。

その人にとって、「この話をすると（それについて考えると）必ず気持ちが復活する」というパターンってあると思う。その内容は人によって違うに決まっているけれど、それによって感じる心の状態はみんな似ているんじゃないかな。自分の好きなもの（状態）に安心して向かっていい、というワクワクした気持ち、今の自分でなにも問題ないという自分への肯定や安心感、これでいいのだという承認など。

あれを考えるとこの気持ちが戻ってくる、ということを覚えておくと次は簡単に戻れそう。

1月7日（日）

今朝は4時半に目が覚める。新刊の原稿が終わったこの解放感、久しぶり。抱えているものがなにもないという自由。本を書いているときはもちろん楽しいけれど、独特の緊張感の中にいるし、今回は完成までに1年以上もお待たせしていたので、妊娠中も出産後も心のどこかにそれがあった。

さ、月末から行くハワイのことを考えようっと。

そう、ハワイ……プリンスが生まれて、またハワイにもっと頻繁に行こうかな、という気分になっている。この10年くらいも毎年行っていたけれど、昔よりは気持ちが遠のいていた。プリンスが生まれた途端、私の幼少の頃が思い出されて、またハワイへのアツイ気持ちが戻ってきている。

新たにハワイを知るゼロの気持ちで、今回滞在するエリア（カカアコ）をジックリと見てこよう。この数年で再開発されているエリアなので、知らないお店がたくさんできているみたい。昔からあるショッピングセンターも去年の夏でクローズしているし。これは……と鼻息が荒くなり、ハワイの本や雑誌を持って、お風呂へ。

ゆっくりとお風呂に入り、ハワイの予定をたてて、お風呂上りにストレッチまでして寝室に戻ったら、夫もプリンスもまだ寝ていた。
どうよ、この解放感とみなぎるやる気。

1月8日（月）

今日は夫がプリンスを見ていてくれるそうなので、ママさんと外でお茶。

ママさんのプリンスへの接し方を見ていると、大変勉強になる。

たとえばプリンスをベビーサークルに入れるとき、私が入れると出して欲しくてすぐに泣きそうになるのに、ママさんが入れるとなぜか、泣かない。

ママさんいわく、「サークルの中も快適で楽しいんだと思ってもらえるように、事前にちゃんと雰囲気作りをしているから」だという。

たとえばサークルの中に入れるときははじめは自分も一緒に入り、プリンスの興味のあるもの、今好きなおもちゃなどをまわりに置いて、「ここも楽しいのよ」という場作りをしてあげる。そしてプリンスの目の前でサークルを出る……なるほどね、隠れるようにして出るのはダメだよね、ウソになるものね。

そこ（それ）が好きになる工夫ね……ふんふん。

1月10日（水）

廣済堂出版の編集のIさんからメール。

新刊の原稿にものすごく感動したという。感情的になることがほとんどない（少なくとも私はこれまで見たことがない）Iさんからこれ、というのは……かなり感情が動いたのだと思う。うれしい。あまりにいいことがメールに書いてあってビックリした。

この原稿は、お待たせしている1年半くらいのあいだに私の状況がどんどん変化して、トータルで3回くらい一番はじめから書き直したものだ。書き直す前のものを読んでみるとまったくよくないので、はじめの頃に無理に進めて完成させなくて本当によかったと思う。

やはり無理はダメ。無理していいときは、無理が楽しいときのみ。

1月11日（木）

午前中、お参り（初詣）へ。まだまだ年始の初詣ですごい人だったので、年末にお願いしたお札だけ受け取って、帰る。この人混みはプリンスには無理。

車を車検に出す。午後、知人の写真展へ。帰りに美容院へ。もっと切って欲しかったのに、また控え目だった。

今日は寒い。冬の薄曇り。底冷え。

ああ、自由！　気がかりなことがなにもないというこの解放感！

ハワイに備えて、プリンスのバギーを、これまでのゆりかごのような形から、大人用のシートに取り替えて家の中を歩き回る。

微動だにせず、どっしりと中央に鎮座していた。

1月13日（土）

今日も自由な気持ちの一日。私にとって、「自由」というのは生きていく上で一番と言っていいくらい重要。まあ、誰でもそうか……でも私は特にそうだな。

自分の自由に、行動できない縛りがたくさんあると、すぐに苦しくなる。たとえば、もし夫からの縛りがあったら……考えただけでもゾッとする。

圧倒的に主人が偉く、妻がそこにしたがって生きていくような、そういうパワーバランスの上に成り立つ夫婦関係は私には無理。以前は、「尊敬していると自然とそういう形になるのかな……」と考えたこともあったけど、そもそも、妻にそういう形を求める男性自体、社会でどんなに活躍している人だろうと私は尊敬できない。自然にその形が作られているとしても、私の場合は、相手を尊敬すると私自身の感性が豊かになって仕事が活性化するから、ちょっと違う形になるよね。みんなそれぞれだ。

午後、従姉《いとこ》（もうすぐ60歳）が遊びに来る。
この従姉に会うと、「私ももっとおしゃれしよう」という気持ちになる。
今年は、気持ちが明るくなる人に頻繁に会おうっと。

1月14日（日）

「今年やりたいこと100」、夫は、あのあとも思いついたことを地味に書き加えているらしい。私は60個くらいで止まってる。今年の終わりに見るのが楽しみ。

すごくいいテレビ番組を見た。所ジョージと林修の「ポツンと一軒家」。
地図で見て、「こんな（辺鄙《へんぴ》な）ところに人が住んでいる!?」という家を訪ねる番組。たどり着くことも大変な家ばかりだ。どの家（家庭）も個性的な暮らしをしていて、人生を楽しんでいる感がよく出ている。そりゃあ、まあ、そんな辺鄙なところに住んでいるのだから、よっぽど本人たちが楽しんでいなければ暮らせないよね。

たとえば、まわりがどんどん引越して過疎《かそ》になってしまった村に今でも住み続けている老夫婦は、毎日自分の趣味を思う存分満喫している。ご主人の趣味は素晴らしく大きなスピーカーで心ゆくまで音楽を聴くこと。まわりが過疎だから大音量でも問題ない。奥様の趣味はカゴを編むこと。欲しいという人がいたらあげちゃうんだって。音楽を聴いてカゴを編む……フーム。

自分たちの庭だけではなく、まわりの家の草木もきれいに手入れがされていて、誰かが住んでいるみたいだ。「ここ、本当に誰も住んでいないんですか?」なんて取材班が訊いている。自分たちのパラダイスをまわりにも広げていく感覚ね。

山奥のなかなか素敵な一軒家でヒッピーのように暮らしている男性もいた。奥様と子供はたまに訪ねてくるそうだけど、ひとりが好きなので結婚当初からひとりで暮らしているんだって。自分の自然な心地よさを形にしたらこういう暮らしになった、という……。

家の主人に兄弟がたくさんいて、みんなが異様に和気あいあいとしている家庭もあった。取材陣が訪ねたときは、ちょうどその家のガレージかなにかを作るところで、兄弟たちが手伝いに来ているところだった。みんなでワイワイと協力して。

子供は独立して、今は奥様とふたり暮らし。子供たちが小さい頃に今の家を建てていたときの話になり、まだ空が見えてしまう状態で五右衛門風呂に入ったり、みんなで雑魚寝して眠ったりしたそうで、「あのときはほんっとうに楽しかったなあ」とか夫婦で言い合っている。なに、この時代を遡《さかのぼ》ったかのような、家族の「原風景」とも言える穏やかさ。

そしてこの番組は、全体を通して、登場してくる田舎の人たちがみんなものすごくよい人たち。通りがかりの人が、取材班に次々と食べ物をくれたり（それもすごくたっぷりと）、通りすがりの家でたまたま開かれていた宴会のようなものに招いてくれたり……。

人としての大事なものをそこに見た感じ。

こういうものを感じられる場所を作りたいな、とまで思ったほど。

1月15日（月）

ようやく人も少なくなってきたので、プリンスも一緒に初詣へ。

本殿に上がって祈祷をするあいだ、プリンスは目を見開き、祈りを捧げる人たちを乗り出して見ていた。

すっきりした。

11時に打ち合わせ予定のカフェに行ったら、先方が時間を間違えて待ちぼうけ。こんなとき、誰かにバッタリ会えたりしないかとキョロキョロしたけれど、誰とも会わず、飲んでいた「ゆず抹茶ティー」とかいうものの写真を撮る。

「今からすぐ行きます」というのでそのまま待って、2時間ずれで打ち合わせ開始。楽しく終わった。

1月16日（火）

ハワイで借りる予定のコンドミニアムに、アメリカアマゾンで買い物したものをいろいろ送っている。プリンスの柵や床に敷くスポンジマット、お水など。無事に届くだろうか、アメリカアマゾン……。

プリンスのほっぺが、湿疹なのかなにかのかぶれか、真っ赤になっている……。こっちが治るとまたあっち、という具合。今は右のほっぺにフィリピン諸島ができている。

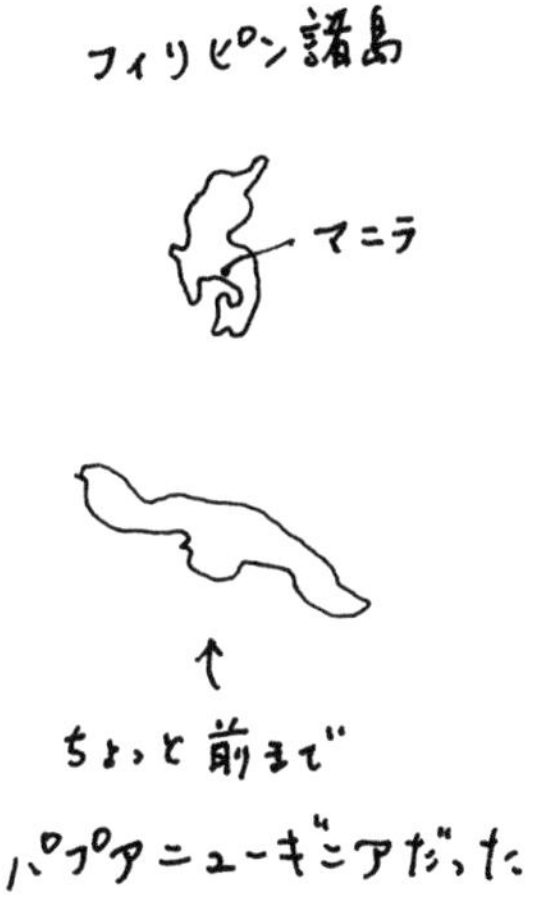
フィリピン諸島
マニラ
ちょっと前まで
パプアニューギニアだった

1月18日（木）

知ってはいるつもりだったけど、メディアの情報って本当に作られたもの、操作されたものばかりだな、と思う。

ひとつの事件について（私はその張本人からオンタイムで状況を聞いていたのだけど）、メディア的に都合の悪いところは隠され、ネタになるところを適当につなげられて事実になっていく。そしてそれを見た一般の人たちは、それが真実だと思って進んでいくのだ。

1月19日（金）

今日はなにもする気がしないほど体が疲れていたので、午前中はプリンスと一緒にゆっくりすることにした。ごろごろとベッドの上を転がる。

午後は宝島社のKさんと、文庫担当の新しい編集者さんに会う。4月に『出逢う力』が文庫版になるのでその打ち合わせ。

終わってからKさんとお茶。

「好きなことを思う存分やろう（やっていい）」という話になった。

彼女のとても近い友人が、会社をやめてご主人と新しい事業をするために海外で暮らす計画を立てているらしい。ハワイかシンガポール。

やめてもいいんだ、というきっかけは思わぬところからやってきたという。

あるよね〜。一見嫌なことが、実はその後の大きな行動のきっかけになるということ。そっちをかなえるためにそれが起きてくれた、ということ。

「でも、失敗したら嫌だな、とは考えますよね、きっと」と言うので、

「失敗って、どういう状態のこと？」と聞いたら、

「その事業がうまくいかなくて借金を抱えてしまうとか……」と言っていた。

もしそうなったとしても、それは一時の通過点。全体から見れば「あんなときもあった（笑）」というひとつの状態にすぎない。

私たちは、どこに行って、どこに住んで、何をしようと基本的に自由……のはずなのに、「何歳なのに会社をやめるなんて（信じられない）」とか、「今からこれを始めるなんて（遅すぎない？）」とか「まわりの人にどう思われるだろう？」というような、それぞれの環境に絡まっている「そんなこと、できない（やりたいけど）！」に縛られていることがよくある。

でも、誰でも好きなことを思う存分やっていい。実はそれがその人の人生の役目。それを通してその人の人生の好みを体現し、「こんな人生もある」という人生のサンプルが増えていく。

どんなに社会的に責任ある立場の人でも、「立場があるからできない」というのは思い込み、または言い訳、または本当はそれをしたくないかも。本当にやりたくて、そこを思っていれば、今すぐその方法が見つからなくても、生活は必ずそっちへ進んでいく。

さっきの移住を考えている人の話にしても、その人たちの思い通りにいかないことや、仮に失敗と感じることも含めて「移住」を成していて、そのハプニングが人生を面白くするかもしれないし、プラスもマイナスも表裏一体で、実はどっちがプラスかマイナスかもわからない……。

「たとえ一時でも、失敗した状態をまわりの人にどう思われるかが嫌だ（気になる）」というのはわからなくはないけれど、その一時期だけを見て、「ほらやっぱり（失敗した）」とか「人の不幸は蜜の味」的な反応をする人は……ほうっておけばいいんじゃない？　そんな人たちの感覚はどうでもいいし、これからも人生をともに味わいたい人たちではない。

そういう人たちは、自由に好きなことを始めた人のことが羨ましいだけだったり、新天地で楽しく過ごしているその人たちのことを素直に喜べないという、本人たちの心の闇がある。

そんなことを気にして暮らすために貴重な時間があるのではなくて、あなたの人生は、あなたが体験したいこと、興味のあることをとことん追求して味わうためにあるんだから……。

この話、アメブロに書こうっと。題して「未来会議」。

1月20日（土）

きのうの夜中に読んだ『服を買うなら、捨てなさい』という本のことを思い出し、鼻息荒く6時に起きる。ゴソゴソとクローゼットの掃除、紙袋5つ分をゴミ袋に詰める。

あの本に書いてあったことのうち「自分の好きなスタイルを貫く」とか「自分の似合う格好だけをしていればいい（そういう人がおしゃれ）」というあたりは、私はわりとできていると思うのだけど、できていないと思ったのは、「毎日違う格好をしようと思うあまり、まあまあのちょっとダサい服までコーディネートに混ぜてしまう」というところ。あるねえ、あるある。

ママさんが来たので　朝の6時からクローゼットを掃除したことを話そうとしたら、「あなた今日、やる気にあふれてるでしょ？」と言われた。

「うん、どうして？」

「ママもそうだから。すごくやる気にあふれていたら、ここまで来る途中、すれ違う人や木や、全部が輝いて見えたわ〜、すごいわね〜」

だって。


夜、帰宅した夫を見て、「少数の自分に似合う服装だけを持ち、いつも自分に似合う格好をしている」ができているのは夫だと思った。自分の好きな（私もいいと思う）組み合わせで、いつもだいたい同じ格好。新しいものを買っても、前と同じような色と形の今年のモデル。特に洋服に興味がないからだと思うけれど、実は、あの本に沿っている。

1月22日（月）

プリンスは、だいぶ自分の力で長く座っていられるようになった。

毎日何か届くアマゾンの箱を開けるのが大好き。

今日は再び、いつものあそこへお参り。今日は雪なので人が少ない。

午後、部屋をウロウロして好きなことをちょこちょこしながらハワイの準備をする。息子の水着に、友達に勧められたイギリスの「スプラッシュアバウト」というのを買った。夏服は向こうで買うので2着だけ入れる。

今、夜。雪がどんどん積もってきて、外はしんしんとしている。東京は4年ぶりの大雪だって。あ、4年前の大雪ね……はいはい。あの日、いいことがあったからよく覚えてる……フフフ。

こんな雪の日は、お酒と美味しいものを用意してエンドレスに飲み続けたい感じ。「いいね、近くにいる友達を呼んだりしてね」と夫も。

1月24日（水）

ハワイに着きました。今回借りている「ワイエア」（コンドミニアム）に着いたところ。荷物を開けて、プリンスをさっぱりと着替えさせ、私たちはビールで乾杯。

ハワイはいいねえ……。空港に虹が出ていた。

プリンスは飛行機の中でもおとなしく、ずっとモニターの映像を見ていた。客室乗務員さんにも愛敬を振りまいて。

ＪＡＬの羽田便がなくなったので今回はじめてハワイアンエアラインに乗ったけど、機内で配られる靴下が最高に可愛かった。ビーチサンダルが印刷されてるの。

届いていたアマゾンの荷物をコンシェルジュが運んできてくれた。

さっそくリビングに、プリンスのベビーサークルをセットする。カラフルなマットも敷き詰めて。アメリカらしいカラフルでガッチリしたサークルは組み立てると6畳分くらいある。

窓を開け放して、海を見ながら1時間ほど昼寝。

起きて、ちょっとくつろいでから、アラモアナセンターのフードランドマーケットへぷらぷらと歩く。

風が気持ちいい。ふむふむ、こういう地理になっているのか。思っていたより近いね。

カラフルな陳列にクラクラしながら、プリンスの離乳食、私たちの朝食用のフルーツ、卵、ベーグル、ベーコン、たっぷりの野菜、チーズとワインなどを買う。デリでお惣菜もいろいろ。今晩はそれでディナー。

1月25日（木）

プリンスは私たちと一緒に時差もなく、グッスリと眠っていた。私はプリンスがこの高いベッドから落ちないか気になってあまり眠れず……夫はよく寝ていた。今日から、あのベビーサークルの中で寝かせてみようと思う。

朝食は卵とベーグルとフルーツなど。プリンスには、日本から持ってきたほうれん草のペーストと人参とコーンのペースト、それとおかゆ。

頼んでいたレンタカーが来たので、さっそくアラモアナセンターへ。

「ブルーミングデールズ」と「ニーマン・マーカス」と「ジャニー&ジャック」と「ジャン

ボリー」で子供服を買う。

ジャニー&ジャックはいい。紺色のダウンベストなんて感動するほど私好み。白い麻に紺のパイピングがついているブラウスとか！

アイスを買って、くったりと疲れて帰る。

プールサイドに降りて夕日を眺める。

いつまでもいられるね…

1月26日（金）

朝、ジュースを持って、テラスで太陽の光を浴びる。プリンスは誰に似たのか真っ白なので、プリンスにも太陽を。

今日はカイルアへ行く予定。

ベビーチェアがどうやっても後部座席につけられなくて、レンタカーショップまで行くことになった。大人のほうのシートベルトも、一度緩めたら締めることができない。

「レンタカーショップの人がこんなの絶対にわかんないと思う。いい加減そうなおばちゃんだったもん、話した感じ」と夫が言っている……だろうね。

でもまあ、とにかく行ってみよう、とお店が入っているホテルの入り口に車を停めたら、近くにいた警備のベストをつけたアフリカ系のおじさんが、ベビーチェアのベルトをサササッと通して設置してくれた。

素晴らしい!!　お礼を言いまくる私、ニコニコと愛敬をふりまくプリンス。

無事に出発。

高速道路を走っているだけでワクワクしてくる。

夫「帆帆ちゃんって、ほんっとに好きだよね、ハワイ」

帆「うん、その気持ちが戻ってきた。どうして今までこんなに離れていられたんだろうって感じ」

そこから未来の楽しい話をいろいろとした。

夫「今、楽しいでしょ」

帆「うん、私、未来の作戦会議、好きなの」

夫「知ってる（笑）。作戦っていうかさ、こうしたいってことを話しているだけだよね、いつも」

帆「……最高じゃん」

ハワイに来ると、いつも未来の楽しい映像がパーッと浮かぶから、ハワイは私にとってパワースポットだと思う。ハワイはみんなにとってそういう土地だけど、ご縁のない人もいるし、「パワースポット」とされている場所でも、ちっともアンテナが反応しないこともたくさんあるから。

カイルアに着いた。行こうと思っていたハンバーガーのお店が見つからなかったので、プリンスもいるし、観光客専門のようなピザ屋へ入る。

食べてから次はデザートに、と「Boots&Kimo's Homestyle kitchen」へ。雑誌に載って一気に有名になってしまったらしく、すごい人なので……やめた。

近くのお店をブラブラしたらスイカのバッグが売っていた。可愛い……ジーッと考えて、やめる。ホールフーズへ。マーケットで車の中でも食べられるフルーツやナッツなど、買う。

帰りにラニカイビーチの近くを通った。ここは地元の家の前に路駐するしか駐車する方法がないので、運よく空いていなければビーチに入れない。

空いてなかった！

「これはカイルアビーチのほうがいいってことじゃない？」と、少し戻ってカイルアビーチパークに車を停める。

待ちに待った、プリンスの海デビュー！　ジャジャーン！！！

と盛り上がったけど、本人は迷惑そう。そうだよね、自分と同じ背丈の波がやってくるんだもの、恐いよね。私が抱っこしたり、夫が抱っこしたり、昭和のグラビア（子供付き）のような写真やビデオをさんざん撮って満足する。

こういうのって本人にはどんなふうに記憶されるのだろう。私もさすがに1歳前のハワイを「記憶」としては覚えていないけど当時のエネルギーは必ずどこかに蓄積されているはず。

帆「そういうものだよね」

夫「そりゃそうよ、だって……だからハワイが好きなんでしょ……」

帆「そうか（笑）」

帰ってシャワーを浴びて休憩。夫とプリンスと夕日の写真を撮る。

夜は夫の昔の知り合いと日本料理「凛花《りんか》」へ。

「今、日本食だったら絶対にここですよ、ツウはみんなここに来るから」とか言われて、「去年と一昨年に来たことがある」とは言えなかった。

美味しかった。プリンスはずっとおとなしく私の膝の上で遊んでいた。

1月27日（土）

いい夢を見た。夢の中でもハワイで、金色の何かの上に乗っていた。虹かな、イルカかな、そんなような流線型の金色のもの。

きのうからリビングで寝ているプリンスは、ベビーサークルの中でゴロゴロとタオルケットにひっ絡まっている。ベッドに比べると床が硬いけれど、まあ、大丈夫だろう。

朝食を食べに、近くの「Harry's Café」までテクテク歩く。

通り過ぎるコンドミニアムを眺めて、「住むならあれかな」「ああいうのは好きじゃない」「向こうのは外観はいいけど、もう1本海沿いの通りがいいね」なんて言いながら。

Harry's Café は地元の人でいっぱいだったので、またテクテク歩いて「The Original Pancake House」へ行く。ちょっと待っていたら、一番広い円卓席が空いた。

バターミルクパンケーキとエッグマフィンを頼む。

パンケーキはバター味のプレーンなものが5、6枚のっていた。たっぷりのバターとメイプルシロップ、これよ！　こういうのが私の思うパンケーキよ！　フルーツや甘いトッピングはのっていない、バターとメイプルシロップをたっぷり使ったプレーンなパンケーキ……フフフ。


またテクテク歩いて帰り、プリンスを水着に着替えさせてプールに入る。プリンス、海デビューに続いて今日はプールデビュー。ギュッとかたまって私たちにしがみついている。

数分浸かったら満足したので、プールサイドにある優雅なソファで休む。まん丸で大きなソファ……これ、欲しい。でもこういうものはこういう場所で使ってこそ、だろう。自宅にバーがある人たちが「めったに使わない」というのと同じだ。

ここは人が少なくていい。今日いたのは私たち家族と、真っ黒でダンディーなちょいワルオヤジ（たぶん日本人）と、あと「つんく」だけ。つんく……ここにいるとは……。


夜は夫の友人Jさんご夫妻と食事をするために、ザ・カハラ・ホテルへ。

数年前、ファンクラブ「ホホトモ」のはじめての海外ツアーをここで開いたことが思い出される……あ、あれはまだファンクラブになっていないときだ。その翌年にファンクラブができたんだ、あっという間に7年……。

Jさんご夫妻と、プールでイルカを見てから、「プルメリア」に入る。

週末はシーフードビュッフェ。庭に面した気持ちのよいテラス席に座る。

Jさんはアメリカ人、奥様は日本人で、ハワイに20年ほど住んでいるそう。ご主人は典型的ないいアメリカ人で、奥様は「ずっとハワイに住んでいる日本人」という感じの方だった。穏やかな楽しさにあふれている。

ハワイはアメリカでもたくさんの人が、「最後に住みたい島」と言うらしい。老後を楽しく過ごしたい人たちがどんどん移住している。白人の男性と東洋人の奥さんでは絶対に奥さんのほうが長生きする、ということで、ご主人が亡くなったあと、最後はどこに住むか、ということを冗談含めて話していた。

「ハワイは、もし体調が悪くなったら家の前に寝転んでいれば、誰かが必ず病院に連れて行ってくれるという島なのよ……」と奥様。日本でもそうだろうけど、意味合いがだいぶ違うよね。それにやっぱり「あったかい」というのはいいよね。一年中体が楽な気がする。

ハワイはいいね、やっぱりいいよ。

1月28日（日）

今日もぐっすり眠れた。プリンスが生まれてからこんなに毎日眠れているのははじめてかもしれない。

きのう、ハワイに来てからのプリンスの写真を母に送ったつもりが、間違えて友人に送っていた。こんな家族しか見たいと思わない写真を大量に！　キャーと慌ててお詫びのライン。

さて、今日は夫の希望でオアフ島を半周する予定。

プリンスの食事の準備を念入りにする。携帯できる離乳食とバナナを多めに。なにしろ、まだ喉がかわいたからと言ってそのへんで買ったものを飲める年齢ではないので、すべてを多めに用意しないと。私がずっと後ろに乗らなくてもすむようにおもちゃもいろいろ持った。

はじめに、夫の友人のコンドミニアムを見に行く。

ダイヤモンドヘッドの下あたりのエリア、海に突き出した角の建物。前に、雑誌の表紙に使われていて、大きな窓の向こうにずーっと海が続いているように見えている最高のロケーションだった。でも今は本人がいないから、外から想像して楽しむ。

近くのサニーデイズでツナのサンドイッチとスパムむすびとアイスティーを買う。待っているあいだ、そこで売っていた黄色いショップバッグに目がいって、夏にそれを持っている様子がパラパラパラパラッと浮かんだけれど……こういうものはキリがないのでやめた。

これを食べるのによさそうな公園を探そう、と走っていたら、ハイウェイに乗ってすぐに見つかったので、ブィーンと車線を横切って車を停めた。

ああ、もう最高に素晴らしいロケーションだ。向こうには海、そこに向かって広がっている緑の芝生。真っ白で細長いビーチ。ビーチ手前の大きな木の下には、手ごろな机とベンチもある。人はほとんどいないし。手前の木に登って写真を撮っている日本人カップルが一組。ビーチの椅子で本を読んでいる白人女性がひとり。なんて気持ちのいいところだろう

サニーデイズのサンドイッチは、ハワイでは珍しいくらいのヘルシーなものだった。こってりしたサンドイッチが好きな私たちには、ものたりないくらい（笑）。スパムむすびをパクパク食べる。

そしてヤシの木の下で写真を撮る。ビーチ沿いに建っている小さなコテージ群の雰囲気もよかった。こっちの海側からの眺めが特にいい。

ここは一日いてもいいくらい。「穴場にして、また来ようね」と話す。

次にマカプウ岬へ。ペレの椅子があるところ。ウォーキングができる小道はプリンスがいると無理だし、今日は週末で混んでいるようなので通り過ぎ、その先の展望スペースへ行く。ここも駐車場はいっぱいだった。駐車場を出たガードレール横に車を寄せて外に出る。近くに座っていたアジア人に写真を撮ってもらったのだけど……この人、ラリッてないかな。ろれつがまわっていないし、煙の立っている禁煙パイポみたいなのを持ってるし。

通りすがりの「シェイブアイス」を食べたりしながらどんどん走って、ハレイワまで来た。

ハレイワ、実に……すべてがハワイっぽい。

あぁ、このイラスト、代官山で見たな、というお店があった……可愛いと思うものは、すぐに日本に輸入されて支店ができてしまうことには本当に驚く。あっという間。それをしない頃までがいいのにね。そこでしか買えない、ということが。

タレントで言えば、発掘された直後の、まだあまり有名になる手前のところ。いろんなものに出始めるとあっという間にやせ細って、「普通の可愛い子」になっていく。

でも、発掘して、それを日本に（誰かに）紹介したい、という探す人の気持ちはわかる。私も海外で自分好みの一点を見つけ、それが日本では手に入らないものだったりするとすごくうれしいし、（矛盾しているんだけど）誰かに紹介したいと思うから。かと言って、それをみんなが持つようになったら、そのエネルギーはなくなってしまう。そこが難しいところであり楽しいところ。

ラニカイのメイン通りにあるパールジュエリーのお店などを見て、プリンスが疲れないうちに帰路へ。

帰りもまたカイルアやラニカイビーチを通ったので、今日はワイマナロビーチへ寄る。ここもすごく好き。ラニカイに比べて人が少ないし。

人が少ないというのは私にとって、それを好きになる条件のかなり上のほうにくると思う。素敵な場所でも美味しい食べ物でも鑑賞物でも人がたくさんいて並ばなくてはいけなかったり、わさわさしてゆっくりできないところには行きたいと思えない。人が多いと息苦しい。「それって敏感な人に多い特徴なんだって」と友人に言われたけど、敏感だろうとなんだろうと、とにかく苦手。

講演会などはどんなに人数が多くなっても大丈夫。お客さんと私のあいだには会場内での実際の距離があるし、話せば話すほど元気になってくる。

帰ってきました。最後のほうは、車の中がビーチの砂でジャリジャリしていた。疲れた。プリンスもさぞ疲れただろう。なんだか連れ回してしまった気分だ。後ろのベビーチェアでずーっとおとなしく外を眺めたり、飽きると寝たり、バナナを食べたりして健気にお利口でかわいそうになり、最後の30分くらいは後ろの席で抱っこしていた。

部屋に戻って食事のあと、すぐにぐっすり眠っている。

大人用にチキンと野菜を焼いて、辛めのジャンバラヤを作る。

冷えた白ワインで食べる。

1月29日（月）

朝、プリンスに呼ばれてサークル内で一緒にゴロゴロする。

今日も朝食はフルーツやベーグルなどをラナイで食べる。プリンスのムチムチした足をさわりながら。

ちょっとアラモアナに行って買い物。プリンスに絵本を買う。ぬいぐるみも。「これがい い？　こっち？」といろいろ見せたけど、どれでもよさそうだ。

午後からプールへ。このあいだもいた真っ黒でダンディーなおじさんが、今日も焼いている。

帆「あの人、こっちに住んでるのかな」

夫「それはわからないけど、日本人だよ。文庫本、読んでた（笑）」

帆「ああいう人ってさぁ、何してるんだろうね。ひとりでいるみたいだし、家族とかバックグラウンドとか、どうなってるんだろう」

夫「結構、寂しいと思うよ（笑）」

世の中は気楽なオヤジであふれてる。

今日は私の誕生日なので、夜は「Hy's STEAKHOUSE」へ行った。歴史あるステーキハウス。

リブアイとロースを頼む。付け合わせの野菜にほうれん草のバター炒め、サワークリームののったポテト、いんげんのソテーなど。プリンスは目の前で調理される様子をじーっと見ていた。哺乳瓶をくわえながら。

ワインは、夫が選んだ「DUCK HORN」。はっきり言って、私はワインは料理に合っていて美味しければなんでもよく、あまり興味がない。ワインやお酒についての薀蓄《うんちく》があまりに長い人との食事は疲れる。食事自体も、安全で美味しければよく、それ以上の興味は薄い。どこどこ産のなになにだとか、ほとんど覚えられない。

こういうことの感覚が合っているかどうかは、実は結婚生活にとって結構大事。昔はそんなことどうでもいいと思っていたけれど、結婚は毎日の生活なので、お酒や食べ物にこだわりすぎていると苦しく、それはひいては価値観の相違という話に発展することだ。かと言って、「美味しくなくてもジャンクでもなんでもいい」というところにまでいけば、これもまた価値観の相違だ。

そしてワインやお酒に関しては、私自身は知りたいと思わないけれど、パートナーには知っていてもらいたい、というわがままな条件を私は持っている。

こういうニッチで細かい部分、私には結構ある……ということを、私は結婚してからはじめて知った。そして、そんな細かい「これに関してはこうがいい」というところが、どうでもいいようでいて、その人の生活スタイルやさらには人生まで作っているんだろう。

だから昔は結婚に大事な要素として「食生活が合う人」なんて言うのを聞いて、「何を言ってるんだ、そんな小さなこと」と思っていたけれど、結構大事だよね。自分がよく行っていたお店を全然知らない、とかいうのも悲しいしね。

そんなことを話しながら美味しくステーキを食べたり、プリンスにミルクを飲ませたり、食後にケーキを食べたりする。

帰りは生温かい夜道を歩いて、ハレクラニのアーケードで買い物をする。

1月30日（火）

きのうで41歳になった。

今回のハワイ、私が子供の頃とまったく同じことをしていることに驚く。私がはじめてハワイに来始めた頃とプリンスが、今同じ月齢。そして図らずも、今回はワイキキ周辺ではなく私が住んでいたアラモアナエリアに泊まっているし……。昔住んでいたヨットハーバータワーも健在だ。

親と同じことを繰り返しやすいのってなんだろうね、と考える。

先週も、読者の方からそういう質問がきていた。

「親と同じようなことを繰り返してしまうのはなぜか。望んでいないのに、呪縛のようにふと気づいたら同じことをしている自分がいます」というもの。

まあそれは……呪縛でもなんでもなくて、単にそれを考えている時間が長いからだと思う。うれしかったことは楽しい記憶として思い返すし、嫌な種類のことがあって「あれだけは避けたい」と思っていることがあれば、それも「そこ」に意識を向けているのと同じだから、それを引き寄せる。望んでいることだろうと、避けていることだろうと、意識を向け続けることが引き寄せられるのがこの世の仕組みだから。

　ということはつまり、「過去に起きた（された）アレが原因で今こうなってしまっている」というもの（状況）は、今日から変えられるということだ。

　それを考えなければいいんだから。過去のその出来事をなんとか処理しようと向き合うのではなくて、自分が望んでいるほうへ目を向けていけばいいということ。「もう絶対にあんな経験はしたくない」と否定するのではなく、それとは真逆の望んでいることに意識を向け続けること。

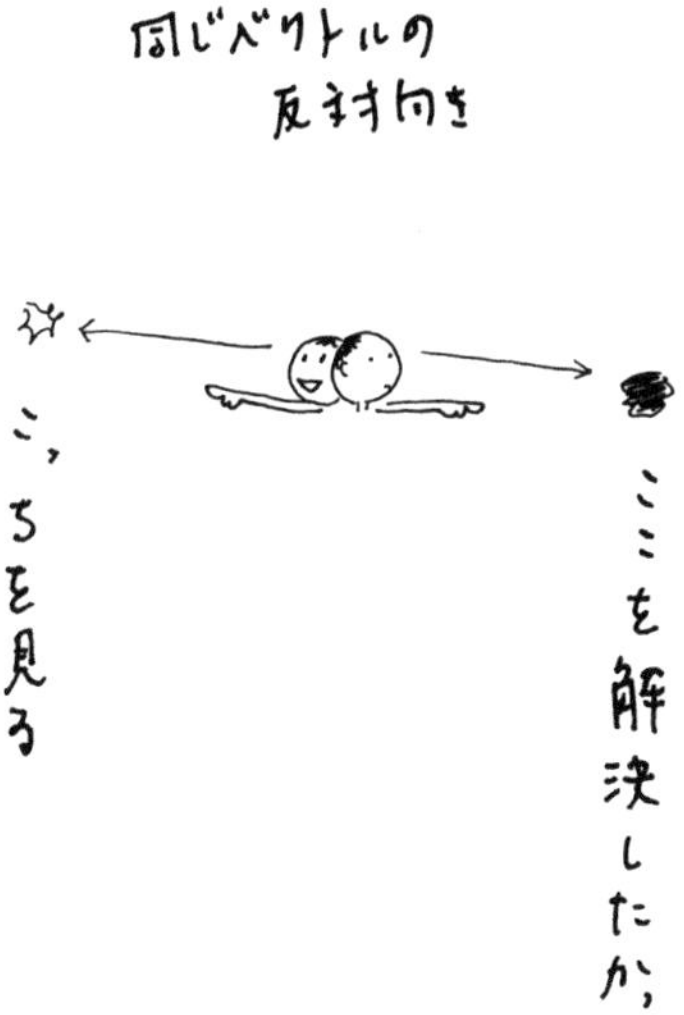
ここを解決したかったら.

ハレクラニのプールサイドにブランチを食べに行く。

向こうに見えるダイヤモンドヘッドとサンオイルの香り。すぐそこにあるヨット……ああ、いいね。クラブハウスサンドとロコモコとグアバジュースを頼む。また、未来の話をする。

近くのホテルのアーケードを見て、クッションや大きなバッグなどを買う。リゾート限定のものばかり。

プリンスはバギーの上でむっちりした足を突き出して、ぐーぐー寝ている。顔を近づけたら熱気が伝わってきた。

2月3日（土）

きのうの夜、日本に戻った。プリンスが風邪を引いた。

帰りの機内で「あれが風邪の原因だな」と思うことがあるのだけど、今思い返しても他の選択肢はなかったので仕方ない。熱はなく、咳と鼻水だけで元気いっぱいなのでゆっくり休ませる。むせながら、床をはいずりまわっている。

きのうは夜中の3時にひと泣きして、抱いているうちにまた眠ってくれたので、私は起きていろいろやった。

ハワイですっかりリフレッシュ。5時まで仕事をして、部屋を掃除して、朝食を作る。活動的。

2月4日（日）

きのうの夜中の00：00に、穴八幡宮の「一陽来復」のお守りを吉方位にペタッと貼った。アイフォンの方位磁石がくるっていて、もう少しで間違った方角に貼りつけるところだった。磁石を修正する方法をネットで見て試したけど修正されない。使うと方向がわからなくなる方位磁石……。

プリンスは、きのうの夜は咳が苦しそうで夜中に何度も目が覚めた。一緒に私も起きるのでほとんど眠れず。今は朝の8時。プリンスは夫のお腹の上ですやすやと寝ている。

去年の12月に、友人にセドナで買ってきてもらった石がふたつある。それがようやく私になじんできた。これまでも石は好きなのでたまに買っていたけれど、これまでにない「手元に置いておきたい」という感覚が芽生えている。どちらもツルツルとしていて楕円形と円盤型。たまに握りしめて、未来を思っている。

2月6日（火）

ハワイから戻って以来続いているワクワクした気持ちは、今日も続行中。今回は長く続きそう。

「ハワイにいるときにテンションが上がるのは、日本にいるときよりゴールドを身につけていることが多いからだな」とふと思った。インスタやアメブロにアップした写真を見ていたら、いつも以上にゴールドをつけていた、ジャラジャラと。

それを見ていたら、私がデザインしている「AMIRI」の新しいデザインが浮かんだ。コインをモチーフにしたもの。そのことを思いながら、数日前に届いた本をめくったら、そこに純金のコインの話が書いてあった。ゴールドって、やっぱりすごくエネルギーがあるらしい。

そう言えば、昔この本の著者にいただいた純金のメダルがあったなあ、まだ実家にあるかも、と思い出してママさんに電話したら、ママさんが今日見た「日曜美術館」がクリムトの特集で、クリムトが自分の絵に金を使うことが多かったことから、ゲストのコシノジュンコさんが、「金はやっぱりパワーがあるのよね」と話していて、そこからずっとゴールドのことを考えていたらしい……。

それを聞いて、AMIRIのコインのモチーフ、作ろうかな、と思う。

2月7日（水）

今日はいつものあそこへお参りに行く日。心友のウー&チーと一緒なので、きのうから楽しみだった。

7時半現地集合の予定が、6時40分くらいにチーちゃんから「今出ました」とラインがきた。「え？　もう？」と思っていたら、しばらくして「もう駐車場が満車だよ」という連絡。私はまだ家にいたけれど、それを見てもなんとなく空きそうな気がしたので、予定通りに車で出発する。

あそこのまわりは公共の駐車場がないんだよね、と思ってチーちゃんに電話したら、ちょうど1台空いたというので、とっておいてもらうことにした。ラッキーだ。一方いつも車のウーちゃんは、朝、きのう置いた場所に車の鍵が見当たらなかったので「今日は車で行かないほうがいいということだな」と捉えて電車で来たという。うん、そういうことだよね。

祈祷《きとう》をあげてもらい、旗を立てるために社務所に行った。旗に墨で熟語を書くのだけど、私が間違えて漢字を一文字抜かしてしまったら、すぐに新しい旗を出してくれて、「お金はいいです」と言われて恐縮する。今度から気をつけよう。

無事に旗を立ててもらい、いつものお店でワクワクとブランチ。

ハワイから戻って、これまでにないほどワクワクが続いている、という話をしたら予想通り、ウーちゃんもバージョンアップしたらしい。話しているそばから楽しくて楽しくて、みんなでニヤニヤ。

ある国のコンドミニアムの話や、チーちゃんが会社をやめた話や、仮想通貨の話や、私たちがしている投資の話や、プリンスの話など、する。

チーちゃんが仕事をやめた話は面白かった。やめたといっても、働くスタイルを変えただけで（毎日は出勤しない形になって）、役員としてはまだ在籍している。その会社のお偉いさんであるチーちゃんは、

「自分で辞表届けを書いてね、自分で受理したの……フフフフフ」

とか言っていた。

4時間近くいたのにお店を出たらまだ午前中、早起きって素晴らしい。

家に帰ったら面白いことがあった。プリンスを見てくれていたママさんが、今朝考えていたという未来のプランを話し出した。それはウー&チーにも関係のあることで、それとまったく同じ話を、私たちもさっきのブランチで話していたところだった。

帆「こういうのって不思議〜、なんなんだろう」

マ「私が思いついて考えていたときと、あなたたちが話していた時間はたぶん同じ頃だから、そっちで話したことがママにシンクロしたのかしら……」

なんにしても、ママさんのそのアイデアのおかげで、未来の私の計画がひとつ進みそう。

午後は仕事の打ち合わせ。

ああ、もう本当に楽しい。どうしちゃったんだろう。なにを見ても楽しいし、ワクワクがこみ上げてくる感じ。ここまでのワクワクの状態、この数年にあっただろうか……。

2月8日（木）

朝5時くらい。なぜか夫とふたりで目が覚めたので、プリンスを起こさないように別の部屋に移動してゴソゴソと話し込む。きのう、夫の帰り道からのラインに「いろいろ相談ごとあり！」と書いてあったので、それについていろいろ。

マックの充電器が壊れた。床に垂れていた充電コードをプリンスがしゃぶっていて、アッと気づいたときにはもう……。マックに差し込んだら充電中のライトがつかなくなっていたので、慌ててひっこ抜く。

「Genious Bar」の予約がすぐに取れたので表参道のアップルへ。

そこの店員さんの応対がすごく気持ちよくてビックリした。「子供が舐《な》めたということなら……」と無料で新しい充電器と交換してくれた。

2月9日（金）

実は、4月か5月あたりに実現したいと思っていることがある。

それは自宅の引越し。結婚してすぐに住み始めた家は、そのときの選択肢の中ではベストだったけど、本当はふたりとも納得していなかった。でも、入籍してすぐにプリンスを授かったのと、季節が冬に向かっていたこともあって、精力的に探す気が起きなかった。実際はちょっと探したんだけど、なんと言っても私の不動産へのこだわりが強いので、「今よりいいところはそうそう見つからない」というところに落ち着いたのだ。なので、「一時停止、様子を見よう」ということで、そのまま新年を迎えた。

ハワイから戻って、ワクワクした気持ちを感じている今、家についても本音で考えてみた。「可能性のあること」ではなく、本当の望み、本音はなんだ？と。

すると、「やっぱりあそこだよね」というマンションが浮かんだ。それは、これまでも何度も候補に出てきたところだったけど、とにかく賃貸の空きがないところだったので、あきらめていたのだ。しかも、そのマンション内ならどこでもいいわけではなく、第一希望としては借りたい部屋がいくつかあるのだけど、もう同じマンション内なら他の部屋だとしても御の字だ。

やはり、それが正直な気持ちなので、素直に宇宙にオーダーすることにする。

「私たちが心から満足する物件に夏までに移る！」

ここで具体的なマンション名を入れると、今の私の場合は、ワクワクよりも、「そうならなかったら嫌だな」というモヤモヤが一緒に出てくるので、とにかく「私たちが心から満足する物件」としたのだ。そうすれば、最低でもそれ以上、ということになる。

まずは、自分たちの望みがはっきりしただけで丸だと思う。本音がいいよね。それが一番思いが強いんだから。

2月10日（土）

最近の私の生活はプリンスが中心だけど、その合間に少し仕事もできるようになってきたのでうれしい。アメブロは毎日更新、共同通信の「NEWSmart」と有料メルマガ「まぐまぐ」の連載は週1回。4月からDMMオンラインサロンで「引き寄せを体験する学校」というのがスタートするので、その準備も進めている。

カレンダーや手帳も再開したいけれど、新刊の原稿の執筆も止まっているし、ファンクラブの活動も忙しくなってきているので、手が足りない。

これから、今後本当にしていきたいことを整理していこうと思う。

プリンスの風邪がうつり、私と夫と私のママさんは喉が痛く、鼻もグズグズしている。

今日のランチは指揮者の小林研一郎氏の奥様Yさんと、ピアニストの熊本マリさんと3人で、白金台の「白金亭」。この3人で会うのははじめて。三者三様の個性なのでとても面白い。

心に残ったのは、Yさんの友人（男性）が、「人生に気をつけていること」として挙げたこと。「人の心配はしない」とか「世の中の常識はほとんど間違っているから気にしない」とか、「ゆっくり息をする」とか、どれもよかった。

私たちがそれぞれに今頭を占めていることって、悩もうと思えばいくらでも悩めるけど、ほとんどはどうでもいいこと。悩むのは自由だけど、悩むのをやめたほうがよいほうに向かうと思う。

2月11日（日）

4月から5月くらいに引越しすることになったら……と想像すると、今の家で処分するものがたくさんあるので整理を始めた。これを機会に、まずは大量の洋服を減らしたい。

掃除をしていたら今後のファンクラブの方向性について見えてきたことがあったので、洋服の山に埋もれながら変更したいところを書き出す。現在の会社の体制についても、モヤッとする部分を再構築するために、それぞれの担当へ連絡した。スッキリ。

こんなふうに、私はたまにグッと気持ちが盛り上がってなにかを修正したり改革したりしたくなるときがある。なにか問題が起きてその気になったわけではないのにそういう気持ちになるというのは、会社自体がそういう時期にきているのだろう。会社も生き物だよね。なにか見えない理由がある。そして自然とこういう気持ちになるときがくるのだから、気持ちが乗っていないときに無理になにかを考えたり変えようとしたりする必要はないな、と思う。

一番やってはダメなのは、自分とは違うやり方で進んでいる他人（他社）と比較して、「変えたほうがいいのかもしれない」とか思うこと。これは仕事以外でもそう。ライフスタイル、子供の教育、家族のあり方などすべて、他人と比較することほど意味のないことはない。そしてそれをしているときは、心がゾワゾワするからすぐわかる。

2月12日（月）

今日は、きのうとはうってかわってなにもやる気がしないので、一日中、プリンスと遊ぶことにした。そうと決めたらすごく楽しい。引越してからのインテリアを考えながら。洋服の整理がすんだら、次はキッチンを掃除したい、本格的に。いつでも出ていけるように。

最近のプリンスが好きなメニューは、鳥そぼろご飯と野菜のトロトロスープ、デザートはりんごをすりおろしたもの。

2月13日（火）

きのう一日ゆっくりしたので体が休まった。

先週まで感じていた、あのものすごいワクワク感がすっかり影をひそめた……ハハハ。なんでだろう、体調のせいかな。鼻風邪が治らないし。

あのワクワクしていたときに、人に会う約束をいくつか入れたのだけど、ワクワクが薄らいだ今、その予定を見ると、「ちょっと面倒だな」と感じるものもある。それが2件とも、今日キャンセルになった。

本音では波動が合わない人たちと無理して時間を過ごす必要はないのに、しばらく経つと、冒険心からまたちょっと手を出したくなる。でも会うとやっぱり違うと再認識して終わることになる。いい加減、学ばないと。

子供がいて自分の時間が少なくなった今、ますます本音で気持ちが乗ることだけに時間を使いたい。


夜は、友人たちに誕生日のお祝いをしていただく。久しぶりの「アッピア」。やっぱりいいね。相変わらず昭和な顔ぶれがまたいい。

2月14日（水）

さっき、ネイルサロンでなかなかすごい話を聞いた。

スタッフちゃんのひとりが自分のご主人のことを話していたんだけど、簡単に言えば、そのご主人がかなり「ひどい」のだ。彼女は幼稚園の男の子ふたりのママで、昼間はサロンで働き、子供を迎えに行ってそのあとに家事をしている。それに比べてご主人の家事や育児への非協力的な態度。なにもしないのに、彼女自身に求めるレベルはとても高く、聞いている限りでは優しい言葉のひとつもなさそう。聞いている限りでは、ね。

なによりもびっくりしたのは、彼女も「ひどいですよね〜」と言いながら、別にそれを相談しているわけではなく、日常の当たり前のことになっているところ。別のスタッフも「私はよく聞くんですけど、結構ひどい話ですよね〜。他にもいろいろあるんですよ……」とか言っている。

もうそれは今すぐ解決できるようなものではなく、彼女自身もなんとか解決しようという状態を超えているので、ただ黙って聞いていた。

そして帰り道、夫にものすごく感謝した。あれもこれも、きのうしてくれたあれも、毎日してくれるあのことも、全部当たり前ではなく、感謝すべきことだなと。

すると……ハワイから戻ってきたときに感じていたあのワクワクが戻ってきたのだ。ワクワクを維持するのは、感謝だった、という……。

夜、帰ってきた夫からスッと一輪のバラが差し出された。

っかー!! バレンタインデーか! 忘れていた。

「でもね、今日ね、昼間ダーリンに感謝をする素晴らしいことがあったの」

とネイルサロンからの流れを説明した。

「バレンタインにぴったりの話だと思わない?」と言ったら、

「そこまで思ったのに、チョコまではいかなかったわけね」と……そだね。

そだね、で思い出したけど、カーリングのチーム、いいよね〜。みんな可愛いし、「そだね〜」が合っている。

2月15日(木)

風邪がなかなか治らない。治ったら、ちょっと食生活を見直して健康的な暮らしをしたいと強く思う。

夜、夫が顧問をしている会社の社長さんのバースデーパーティーへ。

2月16日(金)

最近知り合った女性に誘われて、音楽会へ。終わってふたりで軽く食事。

実に、実に変わっている人だった、いい意味で。変わった芸術家の親に、変わったお嬢様環境で育てられるとこうなるんだろう、という感じ。

オリンピックの男子フィギュアで羽生君が金メダルを獲った。改めて羽生くんの意思の強さはすごいと思った。自分の使う言葉とそれを裏付ける実際の練習量と信じる力が掛け合わさって、絶対に勝つ「場」を作っている。オリンピック上位者ともなれば、実力にそれほど大差はないはず。最後は、どれだけ一位を獲りたいと思っているか、それを本気で信じているか、という精神力が影響を与えるだろう。引き寄せの法則から考えても当然だと思う。

純粋に素直に楽しみにそれを思い描いている、だから現実にも動く（練習する）。よく「思っているだけではダメで行動が大事」とされるけれど、私は「まず思考を整えることが先」と思う。

やみくもに動いても、動いている自分が不安だと、それと同じ状況を引き寄せやすくなるだろう。うまくいったところを考えるとワクワクして楽しくなって、いてもたってもいられなくなって、結果的に動かずにはいられなくなる、朝が待ちきれないくらいにムズムズする、これくらいまで心の中の映像を信じられるようになってはじめて行動に移す、と言うか、そこまでくると自然と動くことになる。

そのほうが、その後の展開や流れが早いし、気持ちにブレがないので引き寄せられてくるものの的中率も上がる。それをイメージしたときに不安があるのは、そうなることをまだ信じていないからだよね。もし、思い描いていることが、明日太陽が昇るくらい揺るぎないことであれば、不安になんてならない。ただ、朝を迎える準備をするだけ。

淡々とやるべきことをやれば、そうなる……。その感覚だからこそ、羽生君も、「ただやるべきことをやるだけ」という前日インタビューだったんじゃないかな……。

ふぅ、感動するっていいね。

2月18日（日）

明け方、プリンスが私の上によじ登ってくる動きで毎朝目が覚める。そのままそこで寝てしまうので、赤ちゃんの香りをクンクン。

3月からファンクラブの新しい企画で、少人数制の「ホトトモサロン」をやることになった。10名から12名くらいでたっぷり3時間。数百人単位の講演会とは違って、じっくりと話を深める会をしたい。月に1、2回できればいいな。今日がその1回目の申し込みだったのだけど、数秒で満席になったらしい。楽しみ。

2月19日（月）

集中してゆっくり寝ないと風邪が治らないので、今晩一泊だけ、ママさんにうちに泊まってもらうことにした。でもママさんが来たらすっかり楽しくなって、ダラダラと寝たり起きたり。引越してからの話をしたりして。

新刊『あなたは絶対！運がいい3』のあとがきを書く。

今日も、物件（引越し）のことを胸に秘めて掃除をする。今私ができる努力はそれくらい。もちろん、今日もそのマンションに空きはない。

2月22日（木）

さて今日は、小田全宏さんが作曲した交響組曲「大和」の演奏会で朗読を担当した。今年で3回目。風邪の真っ最中、鼻声の真っただ中。なんとかむせることなく、無事に終了。「大和」は相変わらず、魂が浄化されるような曲だった。私は朗読の合間、壇上の端っこでずーっとオケの演奏を聴いているのだけど、好きなメロディのところにくると自然と体が揺れちゃうよね。でも会場からは私の体が揺れているのはわからない、って……かなり動いていると思うんだけどな。

小田さんから聞いていた、「篠笛奏者《しのぶえ》」のことちゃんにも会った。かなり自由な感じ。よい意味で、「地方出身者のよさ」がありありと。プリンスと1ヶ月違いの女の子のママで、楽屋に連れて来ていた。プリンスに比べてあまりに小さくてか弱いのでビックリ！　女の子と男の子の違いだろう。

もしプリンスをここに連れて来たら、床中ハイハイして立ち上がり、とてもジッとしていないと思うのに、ことちゃんのお嬢さんはとても小さなシートの上にちんまりと座って静かにしている。離乳食もほんのちょっぴり。ことちゃんが作ったのだろうたくさんの小さなタッパーから、小鳥がついばむように食べていた。男の子と女の子はこうも違うのか……。「○○区（私の住んでいる区）は、子育てしやすいですか？」と聞かれて言葉につまった。何区が子供を育てやすいかとか、考えたことはなかったし、区のなにかを利用したり参加したりしたことがまったくなかったので。まあ、それぞれということ。

ことちゃん、自分の出番が終わって楽屋に戻るなり、お嬢さんを背中に紐《ひも》でおぶってバックステージをウロウロしていた。

2月23日（金）

5月にファンクラブの国内ツアーをすることにした。今回は再び東京。私がいつもお参りしていて絶大な恩恵を受けている「いつものあそこ」を今一度ゆっくり紹介したい。

人との関係で、以前はとても魅力的に感じていたのに、急に色褪《あ》せることってあるよね〜。それはたぶん、向こうにとってもそうだろうから、そういうときは無理せず、そこに善悪もつけず、サーッと遠ざかろう。

2月25日（日）

やっと、声が少し戻ってきた。それにしても、めったにない「風邪で声が出ない」という状態の日に、めったにない朗読の本番の日があたるなんて……（笑）。

数年前、もっと本格的に声が出なくなってしまったことがあった。あの頃のいろいろを思い出すと、今、本当に幸せだなと思う。毎年少しずつ、でも確実に楽しくなってきている。

近くのカフェで朝食。終わってから夫は出かけ、私は久しぶりにサロンをゆっくり掃除する。いつの間にか自宅からこっちに持ってきてたまっているプリンスのものを整理して、棚も拭いた。あ、「サロン」というのは私の「オフィス」のこと。くつろげるサロンのようにしてあるので。言い方としてオフィス＝サロン。これからは、サロンの風通しをよくすることを心がけよう。

2月26日（月）

今朝は、布団の中でいろんなことを考えて気持ちが暗くなった。

これから先にしなくてはいけないことがたくさんある。そのことを思うと、どこから手をつけてよいかわからず、時間ばかり過ぎていくようで憂うつ。そして他のことすべてにネガティブな気持ちに……あ、こういうときこそパッパと後ろに流そう。明日になればコロッと気持ちが変わるかもしれないし。パッパと……。

グズグズしていて免許の更新に行く時間もなくなったので、午後の打ち合わせの時間までプリンスと遊ぶ。

午後、私が日にちを間違えていて、今日ではなかった、トホホ。でもそのために来てもらったスタッフと、思わぬかたちでゆっくりと話ができたのでよかった。

あ、考えてみたら、このあいだ、私が時間を間違われたのはこの人。ハハ、お互いに持ちつ持たれつだね。

ゆっくり打ち合わせができてさっぱりした。私は大抵、仕事をすると気分がさっぱりする。

最近のプリンスは
指で「つまめる」
ようになった
ジ〜
はい！

2月27日（火）

今日は落ち着いた充実を感じる日。一日だけでこの違い、なんなんだろう。

はじめは「わぁ、大変」と憂うつに感じることでも、そこに向かって手配したり、ひとつずつきちんと進めていけば必ずなんとかなる、それを忘れないようにしなくちゃ。心がぶれないように、自分の向かっているほうへ向かって日々グングン進みたい。

今日こそ免許の更新へ。誕生日の前後一ヶ月も余裕があるのに、また、期日ギリギリ。10時頃に出るはずが、雑用や仕事のメールをしたりしているうちにあっという間に12時。ネットで駐車場の場所を確認したついでに、「そうだ、私、結婚したから名前の変更もあるんだった」と思い出し、免許の氏名変更に必要なものをネットで調べたら、本籍が載った住民票が必要だという……出たぁ、面倒くさい。

住民票をとってから新宿都庁の更新センターに行っても……まあ、間に合うだろうと、急いで出発したら、家の近くのガードレール（ポール）に車をぶつけた……信じられない。

車をぶつけるなんて、人生初かも……。そこは普段から「対向車がいるとちょっと狭い」と思いながら、なんとなくドキドキして通りすぎるところ。ポールにぶつかった瞬間、車が飛び跳ねて……ビックリしたあ。対向車じゃなくてよかったぁ。

区役所に着いてドキドキしながらぶつけたあたりを見たら、やっぱり少しへこんだ上にスリ跡が大きくついている。

本籍地の載っている住民票をとって都庁に着いたら、その日は地下の駐車場が満車だそうで、向かいのビルに停める。急いで免許センターへ。

免許センターにいる人たちって……この作業、全部、機械ですむよね。これだけの単純作業に一体何人の人を使っているんだろう……パスポート更新のときにも同じことを思った。

この古い体制ね……。

講習室で講習を受ける。交通事故の映像を見るたびに、事故は絶対に起こしたくない、と思う。そのためには、とにかくまずスピードを出さないこと。スピードが出ていなければ、大難も小難に抑えられるだろう。

無事に更新して、その後、車のキズを直してくれるガソリンスタンドの人に相談した。へこみはほとんど気にならないので、スリ跡をとるだけなら1時間くらいでできるという。「それ！　それでお願いします」と車を預けた。

待っているあいだに近くでちょっと買い物して車を受け取る。なんか充実した気分。


夜は、おしゃれな友達ふたりと食事。丸の内の「ハインツ・ベック」。まったりと最近の近況を話し、後半はほとんど洋服の話だった。おしゃれで洋服が大好きなこのふたり。プレゼントにティファニーのブタの貯金箱をもらう。ティファニーブルーの大きなブタ……かわいい！　お小遣いを貯めよう。

2月28日（水）
この間、「ヒルナンデス！」という番組で、『読むだけで運がよくなる77の方法』の本が紹介されたらしい。で、それとは関係ないのだけど、今、有隣堂で私の本のフェアをしてくださっているという。久しぶりに見に行ってみようかな。

「自分を知る」ということは大切だな、とつくづく思う。

今朝、テレビの録画リストの中に入っていた「いつかこの恋を思い出してきっと泣いてしまう」をチラッと再生したら、途中から真剣に見て、泣いた。

前も書いたかもしれないけれど、このドラマは、主人公のふたり（有村架純と高良健吾）が、ふたりにしかわからない感性を共有するシーンが多い。それはたぶん、現代の多くの人からしたら「なに言ってるの？」と思われるような小さなことだったり、どうでもいいことだったりするのだけど、当人たちにとっては、「あ、またこの人だけには伝わった」という感動がある。

あるよね、そういうの。同性同士でも、そういう「他の人に説明してもわからない感性」を共有したつながりには他の人は入り込めないし、それが男女だったら、どんなに邪魔しても恋愛になるだろう。

そういう感覚をとても丁寧に書いているこのドラマが私は異様に好きだったけど、「え？あのドラマのどこがいいの？」という人もいると思う（実際、視聴率はそんなに高くなかったみたいだし）。

このドラマを見ていて、私がこれから実現したいこと（「秘密の宝箱」計画）も、私の感性に合うものだけを扱っていけばいいんだな、と思った。

そこさえぶれなければ、万人にウケる必要はなく、「この人のこれ、すっごく好き」という人とだけ共有できれば、満足。私にとっては、それこそ大事。感性をともにできる人との、しみじみとじっくりとした交流。

私は本の世界では広くたくさんの人に向けて書いている形になっているけれど、プライベートでは自分のまわりの気の合う人たちと、自分たちの感性を深めていくのが好き。万人に広がって欲しいとは思わない。あ、広がったらありがたいけど、それはもう私の力の範疇《はんちゅう》を超えているので、もう流れにまかせたい。そこをターゲットにしたくない。

それから、人間の神秘やこの世の仕組みなどの「目に見えない世界」をじっくりと深めていくのが好き。死を超えた魂の旅というようなこと。

あぁ、仕事では外に向けて書いているからこそ、プライベートでは内なる探求をしたくなるのかもしれない。


今日のお昼は友人たちとパークハイアットの「ジランドール」。ひとりがシャネル好きなので、シャネルコーディネートにする。

楽しく食事をして、帰りに東急ハンズに寄って木製のポールを4本買い、長さをカットしてもらう。プリンスの囲いの内側にポールをつけようと思って。

つかまり立ちを始めたプリンスが、立ち上がって囲いにつかまるとゆらゆらするので支えようと思う。それにポールがあれば、横歩きもするんじゃないかな……。

3月1日（木）

プリンスは、きのうとりつけたポールにさっそくつかまって、伝い歩きを始めている。囲いの中をグルグルグルグルグル。

今の彼は、足をたくさん動かしたくてムズムズしているとき。観察していると、今彼がなにをしたがっているのかがわかって面白い。

4月から始まる「引き寄せを体験する学校」の打ち合わせ。「オンラインサロン」という形だ。フェイスブックでログインして、学校のようにいろんな授業がある。担当者たちと、一番やりやすい方法を模索中。

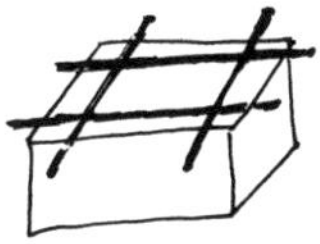
格子から棒を突き出して
ひもで結ぶ。
グラグラさせないように
結ぶのは
コツがいる

ファンクラブのほうも、今後の方向性が少し見えてきた。

今私は、いろんな体制を居心地よく整えている時期。よりシンプルに、かつワクワクできる体制にチームワークで臨むのだ。

3月2日（金）

少しずつあったかくなってきたので、そろそろプリンスを散歩に連れ出そうと思う。これまでは、寒いし、インフルエンザなどが流行っていたので、ほとんど外には出さないで生活してきた。

カフェでママさんと、カフェオレとツナのホットサンドを食べる。

前にプリンスとここに来たときは、まだバギーの中で寝てくれていたけれど、だんだんとそうはいかなくなってきた。これからは食べるものとか、気のまぎれるものをたくさん持って出ないとゆっくりできない。


友人の息子さんが、体の思わぬところに瘤《こぶ》ができて、それを取るための手術をすることになった。難しい場所らしく、いくつか病院をまわらされ、まるで「たらいまわし」……と思い始めた頃に、ある病院に落ち着いた。するとそこでまわってきた手術の執刀医が、その分野の専門医であり（その先生を目指して転院したのではなく、別の理由でその病院に決め、たまたま外からやってきたその先生の執刀にあたり）、おかげで手術は大成功。もともと家族はそれほど心配していなかったらしいけど、手術の前日に、その執刀の先生がテレビに出ているのまで目撃し、その頼もしい様子にさらに心配がなくなったという。

「病院をたらい回しにされていたのは、その先生にあたるための時間稼ぎだったんだね」と話す。

3月3日（土）

最近のプリンス、昼寝から目覚めたときに首を起こしてキョロキョロし、私が見当たらないとゆっくりと顔を崩して泣く様子が可愛いらしい。

それから、私が囲いの中に入っているときに、ポールにつかまった状態でこっちを振り返り、私が近くにいるとわかると、パッと手をはなしてこっちに倒れてくるところ！　意を決したようなクシャクシャ顔で。

今朝は久しぶりに、私と彼の好きなホテルの朝食ビュッフェへ行った。あと30分で終わるという時間に滑り込む。人が少なく快適、相変わらず白人率が高くて日本語が聞こえないほど。プリンスがいるので、一度にまとめてとってきてパッパと食べる。彼は仕事がつまっているらしく、食べながらパソコン。そんなときに連れてきてくれなくてもいいのに、と思うけど、これが彼の性分だ……。

彼と生活していてよく思うことだけど、私は、たとえばまだ決まっていない家族の外食と忙しい最中の仕事が重なったら、まず仕事を優先させる。だって外食は今、話が出たことだから。でも彼は、それはそれ、これはこれで結構家族のことを優先する。それを見て「私もそうしよう」といつも思う。

帰りにママさんのアトリエへ送ってもらい、彼は仕事へ。私とママさんとプリンスはそこから散歩。今日はあったかい。コートなしで歩ける。

「WALPA」という輸入の壁紙のお店に行った。前にママさんが見つけて、いつか行きたいと思っていたところ。輸入の壁紙がいっぱい。こんなにたくさんの品揃えは珍しいんじゃないかな。さすが、子供部屋用でも、シックな柄のものがたくさんある。ブルーグレー色の世界大陸の地図とか、大きなヤシの木とか……いいねえ。

じっくり考えて、グレーのサイの壁紙とオレンジのチーターのを8メートルずつ買った。「Cole & Son」のもの。

「あらやだ、それ、私が前回来たときに目がとまったすごく好きなものよ」

とママさん。見ると、お店に置いてある屏風《びょうぶ》にも見本として貼ってあった。夢が膨らむ。

アメブロに、下記の記事を書いたら、ページビューが6万近くになった。これは披露宴の記事のとき以来……披露宴のときは9万件だった。

どんなママも、みんな頑張っている！

これが、子育てをしているお母さんたちの話をほんの少し聞いただけで感じることです。

それぞれの環境で、それぞれに一生懸命に考えて、試行錯誤しながら本当によくやっていると思います。

頭が下がります……。

他の人がしていないような珍しいことをしているから「頑張っている」のではなく、子育てについてよく研究していて知識が豊富だから「頑張っている」のでもなく、普通のことを普通にしているだけで、もう充分に頑張っていると思います。

たとえば、離乳食を作るだけでもなかなかの重労働です。
一日中オムツを取り替えるだけでも、
一日中抱っこして洗濯物を洗っているだけでも、
充分に頑張っている……。

私と付き合いの長い編集者さん（男性）が、
数年前、お子さんが誕生したときに育児休暇を取りました。
当時、彼は40代後半で、はじめてのお子さん、
彼自身はもの静かな性格で女性的な感覚もわかる、どちらかと言えば
「育児、できそう（育児休暇を取るの、納得！）」
と感じるような人でした。

ですが！　半年経ったときに、
「こんなに大変だとは思いませんでした。
会社に出て仕事をしているほうがずっとずっと楽です！」
と言い切っていました（笑）。

10年以上の付き合いの中で、

愚痴や文句や不満や悩みなどは一度も出てこなかった人からのはじめての「無理です……」という言葉でした。

当時、私にはまだ子育ての経験がなかったので、
〝へ～、そんなに大変なんですねー。
でも、そこまで？　だって、昼間は家にいられるんでしょ？
愛するわが子でしょ？　なんでそんなに大変なのかしら……〟
なんて思っていました。今だったら、
「でしょ!?　馬鹿にできないでしょ!?
精神的に昔より余裕があるはずの40代でもそう感じるでしょ？」
と言ってしまうかも……（笑）。

経験せずして「大したことない」と判断するのは大間違い。
もちろん、これはどんなことに対してもそうですよね。

ですが、特に新生児から乳幼児の育児は、その内容が
「オムツを取り替える（下の世話）」とか、
「授乳（食べ物を与える）」とか、

「洗濯（日常の家事の一部）」など、
生きるために当たり前のこと、誰にでもできること、
家にいながら「片手間に」できること、
というような「軽いこと」に思われがちなのだと思います。

だから、そのレベルで「つらい、大変」と言っていると、
すごくできない人に思われてしまうように感じたり、
自分がダメ人間になったような気がして言いにくいのでしょう。

さらに！
子供を育てているときは、この種のことを口にしてはいけない、
という暗黙のルールがあるようです。

たとえば、出産後の新生児育児もそう。

「子供が生まれるという素敵な喜ばしいこと」の前に、
「つらい、大変、苦しい」という言葉を言ってしまうのは母親失格。
愛情が足りない、と思われてしまうかもしれない、

育児放棄のように思われてしまうかもしれない、
と、誰に言われたわけでもないのに、勝手に思い込んでしまっている人が多いのです。

誰だって、自分の子供は最高にかわいい。
大変だぁ（ぐったり）……と思っていても、
「だから嫌だ、やりたくない」という話ではまったくないのです。
ですから、「大変大変、と口にしている人が子供に愛情がない」
なんていう端的な結論ではありません。

「目の前の子供に愛情いっぱい」という事実と、
「大変な重労働」は別物、同時に存在しているのです。

世の中のお母さんの頑張っている様子、みんな見てあげてよ！と思います。

今朝、彼（夫）と、
「日本人って、〝こういう発言をした人は、こう思っている傾向がある〟
というふうにタイプ分けすることが多いよね」
という話になりました。

「そんな一元的にわかるはずがないのにね」
「（育児が）大変、苦しい、つらい、と言っても、
夫婦同士はとても楽しくうまくいっていて、
ただ『肉体的になかなかの重労働だよね～』と言っているだけの場合もあるし、
ご主人が『お風呂、ご飯！』と言いつけて、
奥さんがそれに必死に従いながら、いっぱいいっぱいになっている場合もあるしね」
「そのたった一言からは、なにもわからないよね」
「人は人、自分は自分、それぞれにいろんな環境の人がいる、
という感覚が少ないから、そのたった一言で邪推する人もいて、
だから余計に、大変～、苦しい～、助けて～を気楽に言えなくなっているような気がするよね」

そんなことを話しながらも、
（今朝は久しぶりに私たちの好きなホテルの朝食ビュッフェに行ったのですが）
私は食事をする余裕がほとんどなかった……（笑）。

アメブロは昨年の秋頃から書いているのだけど、毎日書くのはまあまあ大変で、でもコツ

コツ書いていこう、と思う。

3月4日（日）

なんか、楽しいことないかなあ。

引越し、どうなるかなあ……と考えていても仕方がないから掃除でもしようっと。

子育てをしていると、やろうと思うことがすぐそのときにできない。

食事を作ったり、オムツを取り替えたり、抱っこしたりしてやっとひとりの時間になったと思ったら、もう体力的にグッタリ。気持ちもなえている。

それでも嫌にならないところが母親なんだろう。

離乳食のメニューに、毎日新しいものを一品ずつ増やしていくことにした。

今日は鶏ささみとじゃがいも、ニンジン、ほうれん草ペーストなどで作るお焼きを新しい一品にする。↑一週間で挫折。毎日じゃなくていいってことにした

3月6日（火）

午前中ネイルに行って、買い物をして帰る。

今週末にあるホトモサロンのことを考えると、とても楽しみ。

花粉がたくさん飛んでいるようで、夫もママさんも鼻をグスグスさせている。私もうっす

らと目がかゆいような気がするけれど、気にしないことにしている。

今のシーズン、外を歩くほとんどの人がマスクをしていることに驚く。マスクをしていると春の香りを味わえないので、できるだけとって歩きたい。

さて……花粉よりも、今私にとって重大なのは、たまにやってくる「人に会いたくない病」。小さいのは一年に何回か、大きいのは数年に一度やってくる。

新しい人と交流を広げるような集まりやパーティーはもともと興味がないし（もっと言うと嫌いだけど）、この病はそれよりも深刻で、昔から知っている人にも会いたくなくなるのだ。別に、その人に会った前回、嫌な思いをしたわけでもないし、その人の印象はなにも変わっていない。なのに、「それ以上もう会わなくていい、次の約束は入れないでおきたい」と思っちゃう。

先の予定を入れると、約束の日が近づいたときに会いたくなかったら困るし、そんな気持ちで会っても仕方ない……。

人に会う予定は、できるだけ近い日時、長くても2週間くらい先までで、そのときの予定が合ったら会いたい。

ここまで会いたくないと思うのはおかしいかも、と思って母に話したら、しばらく黙って聞いたあとに、クスッと笑って、

「………私も～」

なんて言うので大爆笑。

「それでいいよね〜」

ということになる。そこから人間関係の話になり、

「どの世界でも、その中で人脈を広げて泳ぎたい人っているものよ」

とママさんが言う。

以前、なにかのパーティーで、後ろの席にいたふたりの話が前に座っている母に聞こえてきた。どちらの人も、自分に得のある人脈を広げるのが好きなタイプ（母とは合わない人たち）らしい。

片方が、前のほうに座っていたゲストのひとりを、「あの人って、なにをしている人？」と聞き、もうひとりが答えた。そのゲストは大手不動産会社の奥様で、母はその人をよく知っていた。

それを聞いて片方が「紹介してくれない？」と言い、話したひとりが、「わかった、まかせといて。知り合っといて損はないから」と言って、ふたりで前のほうに進んでいったという……。

「バカみたい……（笑）」

と母。でも、世の中にはそういうタイプの人たちがたくさんいる。見ていれば、だいたいわかるけど。

私のまわりにも前はいた。昔はわりと仲良くしていたけれど、ある人と知り合ったことで悪い影響を受け、あっという間にそういう「えげつなく人脈を広げる世界」にいってしまい、

もう今は交流はない。悪い影響というより、本来のその人が出た、というだけだと思う。

まあ、今もそういう人はいるよね。体制にひれ伏すような人。その人と友達であることをSNSにアップすることで自分を特徴づける人。

「仕方ないよ、そういう人は自分に自信がないんだから」

と夫。夫は、そういうことも含めて受け入れることができるタイプ。

私は、影響を受けずにサササーッと通りすぎることができない。子供だということだろう……。

なのでできるだけ、そういう人たちと関わらずにすむ世界にいたい。

自分の苦手なこと、関わりたくないことを自分の中ではっきりさせておくことは大事。これから、執筆とは違う形の仕事が増えそうなので、自分の心地よさを確保しながら進めなくちゃ。

3月7日（水）

朝起きたとき、「これから、いつどんな状況でも、自分が楽しい気持ちになることだけを見るぞ」と、思った。

このあいだの壁紙を、オフィスの陳列棚の大きなボックスに貼った。すごくよくなった。

３月９日（金）

引越しについて。なんとなくだけど、３月に入ってさらに気持ちが盛り上がって充分にワクワクしてきたので、私の知っているマンションの関係者に「空き部屋を探している」って言っておこうかな、と考えている。夫も、「そろそろだと思う」なんて言っているし。

プリンスは歩行器で意気揚々と歩き回るようになった。

うちの廊下は石なので、廊下に出ると、ひと蹴りでびっくりするくらい進んでしまう。プリンスも自分で驚いている。

こっちから見てると
風のように
プリンスが通り過ぎてく

3月10日（土）

きのうの件、さっそく話してみたら、すごいことを聞いた！　私たちが希望しているエリア（いくつか候補の部屋があるんだけど）、そこの住人が結婚して引越しをすることになり、空くという。

「たぶん、次の借り手は決まっていないと思いますよ」

ということで、具体的な次の動きがわかったら教えてくれることになった。

あっさり、朗報……呆然とする。

夫といそいそと近くのカフェに行き、朝食を食べながら語り合う。

その部屋の住人は大物芸能人なので、結婚の話はメディアで見て知っていた。そしてそのマンションは、そんな大物芸能人がたくさん住んでいるらしいのであり得る話ではあったけど、まさかその部屋がまわってくるとは……。

夫「ほらね、やっぱり聞いてみてよかったでしょ？」

帆「ほんとだね～、まだドキドキしてる。ねえ、なんであのとき『そろそろ聞いてみたら？』って言ったの？」

夫「だって帆帆ちゃんが『気持ちが盛り上がってきた』って言ったから。帆帆ちゃん、そういうの、持ってるからさ」

帆「あなた、すごいねー」

夫「え？　ボク？」
帆「そう」

帰りに、ホホトモサロンに参加する人たちへのプレゼントを買った。魚や小鳥や猫などのブローチ。今後も、ホホトモサロンで皆さまに渡すプチギフトは、こんなふうに、私がハッと気に入って欲しくなったものにしようっと。

今日は肌寒い。プリンスにしっかりと毛布をまきつける。

帰ってから、洗面所とキッチンを掃除した。感謝を込めて。そして、無事に決定できることを願って。

夜は酢豚、菜の花とほうれん草の和え物、油揚げとわかめのお味噌汁、しじみご飯。なんか……久しぶりにメニューを書いてみたくなったの（笑）。

3月11日（日）

今日ははじめての少人数制のホホトモサロン。温かくなってきたので、黄緑色のスーツワンピースにした。裾《すそ》にビーズがついているお気に入り。

はじめは緊張されているようで、なかなか自分からは発言されない皆さまだったけど、自己紹介が終わってしばらくしたらだんだんと場が温まってきた。

人って、とかく「知らない」というだけで不安になることがある。新しい環境になるというだけで不安に思ったり、これまで触れてきた世界と違うというだけで不安になったり……。これまでが充分に快適で幸せだったとしても、新しい環境はそれよりもっと快適で幸せかもしれない。それなのに、慣れ親しんだこれまでの環境のほうがよいような気がしてしまったりする。

経験したことがないものへの恐れ……たとえば、私は父が経営者の家に育ったことと、私自身の性格もあって、自分や自分のパートナーがサラリーマンの生活は苦しくなると思う。会社経営はリスクがある分自由だし、自分の裁量で様々なことをコントロールできるところが、育った環境からも自分の性格からも合っている。でもサラリーマンの家庭に育った人からすれば、経営者はなにが起こるかわからない、先が見えない生活への不安があるだろう。もちろん、そこから得る金額のことを言っているのではなく、どんなレベルの経営者でもサラリーマンでも、このふたつでは根本的にものの考え方が違うので、私には経営者（とその家族）のものの考え方のほうが慣れている、ということ。

どの部分を見るかによって、どちらにも長所と短所があるので、自分はどちらが向いているか、もっと言えばどちらが好きか、結局はそれにかかっていると思う。どちらかしか選べない状況であれば、どちらにもよい部分はあるので、そこを見つめていればよい部分が大きく広がるはず。

だから、「これまでの環境と違うから」というだけで恐れる必要はまったくないということ。

盛り上がり過ぎて3時間を大幅にオーバーして終わる。

帰り、充実した気持ちでタクシーに乗ったら、オリンピック用に今後、都内で増えていくという新しい箱型のタクシーだった。ドアがスライド式で天井が高く、とてもよかった。

今日は東日本大震災があった日だ。

毎年、この日がくるたびに思うのだけれど、赤十字に集まったあのたくさんの寄付金はどのように使われたのだろうか？　震災について言えば、当時、カタール王国が21億円寄付してくれたそうだけど、そういう話は公《おおやけ》に扱われないし……いつの間にかうやむやになっていること、あるよね〜。

いろいろなことを知れば知るほど、日本のメディア統制は北朝鮮……とまでは言えないかもしれないけれど、似たようなものだなと思う。

メディア（特にテレビ）では、現在の政権に反対する発言をする人は地味に降格されるらしいしね。もっともタチが悪いのは、国民が、「日本はそこまではコントロールされていない」と思っているところだ。

3月12日（月）

新刊のプロモーションで取材を受ける。廣済堂出版のIさんにも、このシリーズが一番はじめに出た17年前の当時の話などを語ってもらった。

思えば、一番はじめの『あなたは絶対！運がいい』がまだそんなに売れていなかった頃に私に連絡をくださって、「この本は絶対に売れます」と言ってくれ、それから今日まで20年近く伴走してくれた廣済堂出版のIさんとのご縁はすごいな、と思う。前世でどんな関係だったんだろうと思うほど。

今日Iさんがかけていた黒縁メガネ、よかったな。編集者っぽくて。

プリンスは、「パチパチパチパチ」と言うと手を叩くようになった。これだけに、動画を10回以上撮る。

3月13日（火）

私の知っている中で一番（と言えるくらい）頻繁に世界中を動いている友達に会う。会った途端、「宝徳山稲荷大社《ほうとくさんいなりたいしゃ》」という神社の話を聞いた。

そこに行ったら、しばらく抱えていた問題がきれいに解決したんだって。「もういい加減、なんとかしてください、って頼んだの。そしたら東京に戻ってきたその日に解決の知らせが届いてね……」と、興奮して話していた。そこから続けて起きたことも、「そんな偶然ある？」ということがつながって起こって、すべてが丸くきれいに収まったらしい。

その神社、いいかも……この人から神社の話を聞くこと自体が珍しいし。むくみ解消にいいというお茶をもらう。ファミリーパックのようにドドンと大きなサイズ。飛行機に乗るたびに飲んでいるんだって。

帰ってすぐに心友の「ウー&チー」に宝徳山稲荷大社のことをラインする。あとママさんね。来週の22日にすぐに行くことが決まる。

3月14日（水）

今年のホホトモ海外ツアーは「セドナ」にしたいなと思っていて、一昨年、セドナの本を書いたときにお世話になった現地コーディネーターのYさんに連絡したら、なんと今月末に日本に一時帰国するらしい。ちょうど私に連絡しようと思っていたところだったという、ラッキーだ。
前回のセドナ滞在のときは、お腹にプリンスがいたんだよね……と思いながら、セドナのお気に入りの天然石をプリンスに渡したら、うやうやしく両手で頭の上にかかげたと思った途端、パクッとくわえた。

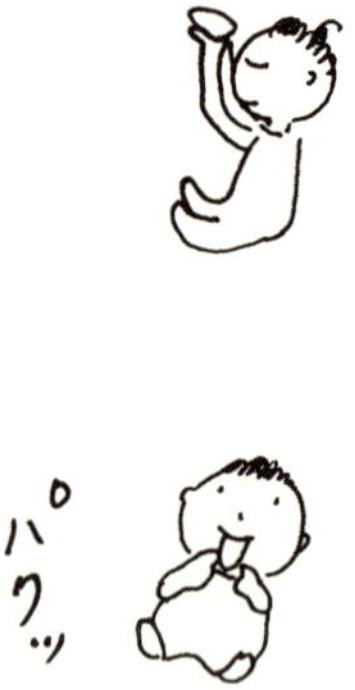

アメブロに掃除について記事を書いたら、「アメトピ」というトピックスに取り上げられたそうで、「作家ライター部門」で2位になっていた。へ〜。

3月15日（木）

ホームページの写真など、全体的にリニューアルをしたいなと思っていたところに、友人から「パリに住んでいる○さんというカメラマンが日本に一時帰国したときに写真を撮ってもらわない？」という連絡がきた。

なんか最近、流れがいい。掃除のおかげかな。

今日の夜は鶏の照り焼き、大豆とシラスの酢の物、油揚げのお焼き、キノコ類のバルサミコ酢炒め、赤だしのお味噌汁など、質素なさっぱりメニュー。こういうのが一番喜ばれる。

プリンスはムチムチと太り、お風呂から出た姿は金太郎のよう。夫がお風呂に入れ、ホカホカで白いマシュマロのようなプリンスを私が受け取ってベッドまで運ぶとき、なぜか「ホッカホッカチーン」という歌が出る。

3月16日（金）

はあ、最近、好きなものを好きなときに食べているので、プリンスと同じくむっちりと太ってきた。そんないけていないときに、安倍昭恵さんと夫と3人で、アークヒルズの中にある「アルビオンアート」の美術館に、素晴らしい宝物を見に行く。エカテリーナ2世のつけていらしたネックレスとか、その類《たぐい》のジュエリーがゴロゴロと出てきて、全部目の前で拝見した。いくつかは身につけさせていただいて……。

「似合うじゃない？」と夫。

「いやいや、似合わないよ、よく見てよ」と私。

迫力負けして倒れそう。信じられないほど繊細なカメオやダイヤのティアラの類もあれば、さらなる古代の石像などもあった。私が一番感動したのは、エジプトのスカラベ……あの緑のスカラベが「はいっ！」と手の平にのせられたときには……持ち去りたい気持ちにかられた（笑）。それから、少し前に届いたばかりのロザリオも拝見する。世界に3つだけで（ふたつかな）、ひとつはバチカンにあるという大きなロザリオ………。はぁ……。メトリポリタンに寄付したものもたくさんあるそうで……有川社長……すごいですね～。

「いつか絶対、こういう宝物をやり取りするようになるから」と社員に言い続けて、今、本当にそうなったんだって。

はぁ……いろんな思いが混じったため息を何回もつく。

3月17日（土）

はぁ、きのうのジュエリーを思い出してため息。

それぞれのものにも、それぞれの役割があるな、と思う。あのすごい石がゴロゴロとついている重いネックレスを身につけた途端、スッと背筋が伸びて、厳かにゆったりとした動作になる。その宝石にふさわしい立ち居振る舞いがある、ということだ。でも同時に、活発にいろいろなところへ出かけて、感性豊かに好きなことを自由にやっていこう、というエネルギーはなくなる。動きが封じ込められる。それを身につけては自由に歩き回れない、という実質的な縛りもあるし、エネルギー的な意味でもそう。

服装でも装飾品でも、身につけるものというのはやはりその人自体を表しているし、そのエネルギーによって行動も変わるよね……。


2回目のホホトモサロン。今日も青空。

今日、特に印象に残ったのは、「勝手にあきらめる癖」について。

人って、ひとつがかなうともう片方はあきらめよう、とか、我慢しようとか、ふたつは難しいかな、と考える傾向にある人が多い。たとえば、仕事をとったら結婚はもう無理かな、とか、仕事を選んだら出産はできないかな、とか、誰に言われたわけでもないのに勝手にあきらめようとしていること。

物理的に無理なこと、たとえば「A社とB社に同時に入る」というようなことは無理だけれど、環境的なものは、自分が勝手につけた制限で「できない」と思い込んでいることがほとんどだ。「今からでは遅いだろう」という年齢制限や、「うまくいっている例が世間にないから難しいだろう」など、すべては思い込み。

「でもそれ、できるよ？」と思う。両方できるし、両方望んでいい。

もしこれがAとBだけではなく、はじめからAとBとCの3つを望んでいたら、ひとつをあきらめてもふたつは残る……と考えると、本音のままにたくさん望んでいる人のほうが、より実現しやすいかもしれない。

結局、自分の中の問題だ。こっちがかなったからもう満足するべき、これ以上は分不相応、感謝しないとバチが当たる……それはある面では正しいのだけど、（ここが間違えやすいところで）本当に自分が望んでいることで、純粋にそこにワクワクできれば、何個お願いしても大丈夫だし、ふたつでも3つでも両立できる。そこを望めば、そうなる、というだけ。

どうしたらその制限を外せるのだろうと考えるのではなく、単純に、自分の望みすべてに対してワクワクを感じていればいいのだと思う。ワクワクした情熱があれば数に関係なくかなう、ワクワクがなければ1個でもかなわない。

帰り、先週と同じ場所からタクシーを拾ったらまたあの快適な新しい箱型タクシーだった。

あの物件、借りることができるみたい！　とりあえず、持ち主さんは貸す意思があるとのこと。すごい!!

ホ〜
キタ〜
フガフガ

3月20日（火）

毎日毎日プリンスの相手で体力を消耗、疲弊してベッドに倒れ込んでいる。
疲れ切って布団に突っ伏している私を、ニヤリと不敵な笑いで見てくるプリンス。

へへへ
フフフ
「もぉ〜
かわいいんだから」
とやってしまって
なかなか寝ない…

3月21日（水）

4月から始める予定だった「引き寄せを体験する学校」は、スタートを5月からにしてもらった。まだ全体のイメージができていないので、事前準備をもっとしっかりとやりたい。

気づけば、明日は宝徳山稲荷大社に行く日。

「前回参拝したときにすっごく寒かったから靴下を持っていくこと。それと、参拝後のご神饌《しんせん》にお神酒《みき》が一升瓶でくるから、一升瓶の入るエコ袋を持ってきたほうがいい」

とラインがくる。

3月22日（木）

9時すぎの新幹線に乗り、11：11に長岡に着く。

「今日はお付き合いいただいて、ありがとうございますっ！」

とウー&チーに言ったら、

「ちょうど行こうと思っていたのよー、だから誘ってくれてよかったー」

と笑ってる。ホントかな……と思うけど、本当なんだよね。と言うのも、去年ここにお参りしたらものすごくいいことがかなったそうで、「その御礼参りに行かなくちゃね」と話していたところだったらしい。ああ、あれか……あれはここにお参りしたあとにかなったのね……、ますます期待が膨らむ。

レンタカーで30分ほどで着いた。

「稲荷」らしく、赤い鳥居がドドンと目立つ。

連なっている赤い幟《のぼり》が雪に映えて綺麗。

まず、5色のろうそくを買い、説明書きの通りに火をつけて本殿の指定の場所に灯《とも》した。仕事運とか家族運、健康運など、それぞれ意味があった。

次に、社務所のようなところでお参りの内容を選んでご祈祷を申し込む。ここは、お参りの内容がとても細かく分かれていて、一般的な「心願成就」「交通安全」「商売繁盛」というような言葉の他に、「人手補充拝受」とか「手術成功」とか「痛止」などもあって面白い。具体的に祈ったほうがいい、ということだよね。

名前を呼ばれ、もう一組いた他の人たちと一緒に廊下を渡って奥の拝殿へ入る。祈りの言葉の途中にひとりひとりの名前が呼ばれた。

しばらくすると、神官のお祈りに続いて、呪文のような低いつぶやきが聞こえてきた。部屋に別の誰かが入ってきたのかと思わず目を開けて見てしまったけれど、誰もいない。どうやら、祈りを捧げているあの神官が、ひとりで交互につぶやいているようだ。まるで別の人みたい。

最後に九字を切るような声掛けと動作もあり、独特の作法のお参りだった。

終わって、たくさんのご神饌を受け取る。お餅や魚の缶詰、御米やそばなど。そして、一升瓶がドドンと2本も。1本には金粉まで入っている。……これは……持ってきた袋には入らないので抱えて歩くしかないだろう。

ゴロゴロした一升瓶を抱えて車に乗り、ウーちゃんお墨付きの「江口だんご本店」へ行く。古民家の風情ある建物の1階で大福やお団子を買い、2階のお茶屋さんでお雑煮を食べる。その2階の窓からの景色が素晴らしかった。雪と木と地面が、そこだけ四角く切り取られた絵葉書のよう。

お雑煮も美味しかった。プロの出汁の味。あたたまる。

「ミッション、コンプリート！」と言いながら東京駅に着き、また一升瓶を2本抱えてみんなでタクシー乗り場へ。列のずーっと向こうに1台だけ、このあいだ乗った新しくて乗りやすい箱型タクシーが見えたので、「あれが誰にあたるかな」なんて話していたら、なんと私だった。

帰って、まだ起きていたプリンスをムギュギュギュギュギューッと抱きしめる。

3月23日（金）

『あなたは絶対！運がいい3』が、今日から書店に並ぶ予定。

夫の弟が銀行の支店長だったのだけど、さらに昇進で偉くなったという連絡あり。うれしいこと続き。

気持ちよく晴れている。

ママさんといつものあそこへ御礼参りに行き、帰りにお茶をする。

引越しの願いについて朗報が飛び込んできたことも、宝徳山稲荷大社にお参りできたのも、ここの神様がいつも守ってくれているからこそだと思う。今回のお願いについては力を貸してくれなかったのではなく、それがあったからこそ、宝徳山稲荷大社のこともタイミングよく耳に入ってきたのだろう。まあ、そんな話で気分よくコーヒーとホットサンドを頼む。ママさんはモンブラン。

子供にどんな教育を受けさせるかは、その人自身がどんな教育を受けてきたかが大きく影響している。（当たり前だけど）
自分の通ってきた道をよかったと感じていれば、子供にも同じようにさせると思うし、自分に満足していなければ「自分の子供には～～したい」と思うだろう。つまり、親の価値観がかなり深く表れる。
「だからどこの学校だったというのはくだらないようでいて重要。親の価値観、タイプが表れるから」
と、私の親が昔よく言っていた。本当にそうだと思う。そして自分の通ってきた道が一番いい、と思っている人はたくさんいるから、相手の状況を知りもしないで、「こういうのがオススメ」と、安易にアドバイスしている人を見るとビックリする。井の中の蛙。

きのう持ちかえったお神酒の一升瓶を、プリンスが持ち上げようとしていた。歩行器から乗り出して持ち上げている……。

3月24日（土）

今日は、ウー&チーと私の母で、遅れたお雛祭りと桜を見る会。ローストビーフ、伊勢丹の変わり寿司、ポテトグラタン、ボルディエバターとフランスパン。うさぎやのどら焼き、いちご、チーズケーキなどが並ぶ。

「私、もっともっと楽しまないといけないと思う」と、すでに充分楽しんでいるように見えるウーちゃんが真剣な顔で言うから笑った。

その言葉に励まされた私。

プリンスは、ふたりにアピールしながら歩行器で勢いよく歩き回っている。

3月26日（月）

引越しの話が本当にかなうところまでいくかどうか、心もとない日々だ。

たまにあるらしい「いざ目の前にチャンスがやってきたときに、本当にいいのだろうか?」と、ちょっと尻込みしてしまう感じ。素直に、両手を挙げて万歳をしよう。

プリンスが3食しっかりと食べるようになった今、ここらで生活のリズムを整えようと思う。

毎日の時間割、曜日ごとのスケジュールなどを決めたい。今は毎日サバイバルに自由に暮らしているから。

私も夫も私の両親も、プリンスを保育園などに預けるのは気が進まないので、私と母で面倒をみるために、効率的で無理のないスケジュールを決めようと思う。毎週何曜日は必ず実家に預けに行く、など、めりはりをつけたい。

3月27日（火）

朝起きて、散らかっている部屋とたまっている仕事のことを考えてモヤモヤしていたところへ、友達からラインが来た。

「桜の木の下に立つとデトックス効果があります」だって。

そこで、見に行くことにした、桜。

ためしにママさんに連絡してみたら空いていたので、うちの近くで待ち合わせ。近くの桜の名所も、さすがに朝早いのでほとんど人がいない。

桜……きれい。ずーっとずーっと先まで桜のトンネルがモコモコしている。

ゆっくり歩いて、途中何枚か写真も撮る。「ママは写りたくないわ〜」と言っているけれど、「絶対に撮っておいたほうがいい」と言って3人で撮ってもらう。今のプリンスは今だけなんだから。

通りがかりのパン屋で甘いパンを買い、通りがかりの文房具屋でシャボン玉を買う。いっぺんにたくさん出る、いまどきのシャボン玉だ。途中の公園でプリンスに吹いて見せたけど、あまりわかっていない様子。それよりまわりの景色に興味があるらしい。

帰り道、住宅街の一軒の家を見て、ママさんが面白い話を始めた。それはこのあいだテレビで見たという、東北地方のある町で素敵な住宅を建てている外国人の建築家の話だった。その人のこだわり、センスのある日本家屋とそこでの暮らし。それらについて話していたら、最終的に、私たちの「秘密の宝箱」計画について、またリアルな映像が見えた。より詳細な部分まで見えて、グッと進んだ感じ。

「そうだね、その形だね!!!」

「そうよ、それなら○○も満たすし、〜〜もできるし、全部を網羅するわよね」

「たしかに〜」

とふたりで興奮して鼻息荒くなる。

帰ってきたときには、朝のモヤモヤはすっかりなくなり、やる気モード全開。

はじめに桜を見たときは、「まぁ綺麗だし、見れてよかったけど、だからと言ってそれほどスッキリしたわけではない……」なんて思っていたけれど、本来の目的は、ママさんとこの話をするためだったんだと思う。そのために、あの家の前を通る必要があったんだろう。

3月28日（水）

今週末にある講演会の準備をする。

事前に寄せられた質問を見てみると、「不安の払い方」について知りたい人が非常に多いことに気づく。

3月29日（木）

最近の私の楽しみは、窓の外の緑あふれる景色を眺めること。ちょっとおつまみなどがあると最高。今日のおつまみはあんず……気づいたら、一袋全部食べていた。

深夜のテレビショッピングが好きなチーちゃんは、掃除をしてきれいになったスペースのために新たな買い物をしているらしく、衝動買いした品物が毎日どこかから届くらしい。「フタをしたままチンするとスチームが外に出るすごいタッパー」というのを20個以上買ってしまったそうで、「帆帆ちゃんにもあげるね」とラインがきた。すごい！　ちょうど、プリンスの離乳食用にタッパーを買おうと思っていたところ！

3月31日（土）

引越し先の物件について、すごくうれしいおまけがついてきた。実は、引越し先のこのマンションに前から駐車場を借りて使っていたんだけど、できれば平置きか、または機械式の一番上だったらいちいち呼び出さなくてすむから、「空いていたら移動したいね」と言っていた。機械式だと、タイミングが悪いときには5分はたっぷりかかるときがある。でももちろん、空きはなかった。「キャンセル待ちを出しておく?」と話していたところ、なんと、私たちが入る予定の新しい部屋にははじめから駐車場がついていて、それが機械式の一番上だというのだ。

信じられないほどラッキー。「駐車場については、いつかできたらでいいんだけど……」と思っていたことまで一緒にかなうなんて……。

「ねえ! 来てる!!!」と夫にライン。ウキウキしながら今日の講演の会場へ向かう。

今日の講演は、考えてみると出産後初、1年半ぶりくらいの一般講演。毎年お世話になっている朝日カルチャー新宿教室のYさんが今年も温かく迎えてくださった。今日は真っ白な衣装、ウエストが絞られているセットアップ。

話し出したら……、なんて言うか……これまでの中で一番筋道立ててしっかり話した感があった。夫の親戚たちがいらしてくださっていたのだけど、そのあたり(会場右側)には緊張して顔を向けられなかったけど。

最後に限定30名様にサイン会。

廣済堂出版の担当編集Iさんがいらしてくださっていた。土曜日なので3歳になる息子君も一緒。控室を恥ずかしそうに歩き回っている。記念に3人で写真を撮ったら家族写真みたいになった。

はぁ……充実。講演後のこの感覚は本当に好き。

家に帰り、さっそく、家族3人で新しい物件の内覧へ。ママさんも見たいというので一緒に。

最高〜!! この部屋のオーナーさんは、今回の賃貸が終わったら売りに出そうと思っていたそうだけど、「〜〜という人だったら貸してもいい」という条件をつけていたらしい。その条件がかなり珍しく、「それはなかなかいないんじゃないか?」と仲介の不動産屋さんも感じたほどだったというのに、我が家にはピッタリ……。ご縁ってそういうものだよね。

4月1日(日)

今度は夫と一緒にいつものあそこへお参り。私は引き続き、あの物件の話がかないつつあることへの感謝。そして、最後の契約終了まできちんとお守りくださるようお願いする。

きのうの講演会に来ていた私の友人AとB(50代)が、講演後の質問コーナーで読まれた質問に爆笑していた。

「50代、女性からの質問です。私の友人は義理人情がまったくなく、嫌な人とはいっさい付き合いません(中略)、一方私は、嫌な人とでも少しは話を合わせてしまうことがあるのに、友人はブレずに自分の気持ちを押し通してます。……」という出だしから始まる質問。ここに出てくる「嫌な人といっさい付き合わない友人」というのはAにそっくり。AとBはこれが読み上げられた瞬間、顔を見合わせたという。

「あれ、絶対にBが投稿したと思ったわ〜」とAが爆笑していた。

4月2日（月）

今日の夜は楽しみな食事、セドナのコーディネーターYさんと、ウー&チーとイタリアンだ。「個室なので、たくさん食べて飲もうね〜」と、きのうから楽しみで仕方なかった。

みんな次々と到着して、ひとり来るたびにおしゃべりがとまらなくなる。

Yさんは相変わらずいい人だった。私たちの暴走おしゃべりを全身で聞いてくれながら、的確な感性と人の好さ。笑い疲れてお腹もいっぱいに。

「明日人間ドッグで、本当は前日の6時以降は食べちゃいけないんですよね〜」

なんて言っているYさん。

「だいじょぶ、だいじょぶ」なんて、完全に人ごとだと思って酔っ払ってるチーちゃんが言っているけど、完全にアウトだろう。

お土産にセドナの珍しい石と、お茶をもらった。ウーちゃんからは毎月1日に赤福が出している朔日《ついたち》餅と川崎せんべい。チーちゃんからは、例のタッパーをたくさん。お手製のちらし寿司と春巻きも入っていた。

4月3日（火）

最近、私はすこぶる流れがいい。だって……タッパーをたくさん買わなくちゃと思っているところにタッパーがくるなんて……。

タッパーってもらうものだろうか……。

今日の朝食は、きのうチーちゃんにもらったちらし寿司。美味しい。

春を感じる気持ちのいい日なので、プリンスを散歩へ連れていく。

ママさんと合流し、ふと思い立って、友人の洋服のお店まで頑張って歩く、運動するつもりで。黄色のカーディガンと、赤い薄手のニットと、迷彩柄のニットと、紺のノースリーブを買う。

帰りも頑張って歩き、今日はとてもよく運動した。

夜は、チーちゃんにもらった春巻きをメインに、オクラ、揚げレンコン、ナス、シラスなどが入った大盛りサラダ、コーンスープ、肉じゃがを作る。

4月4日（水）

夫いわく、マンションの部屋、借りられることになりそうだって。

あとは契約の日にちを決めるのみ。

ああ、うれしい!!!　本当にうれしい!!!　夏前に引越せるじゃないか!!

あれ？　きのう更新したはずのアメブロが更新されていない……。せっかく「できるだけ毎日投稿しよう」と頑張っていたのに、これで3日も空いたことになっちゃう……と思ってガックリしたけど、今日が「一粒万倍日」だと気づいたので、今日の投稿になってよかったかも。きのう投稿した（する予定だった）記事は、「夢がかなった！」といううれしい内容だったから。

今、自宅のリビングの一部は、大きなベビー用の柵で覆われている。

朝のバタバタが終わり、やっと仕事ができる態勢になってプリンスを柵の中に入れてパソコンに向かうと、すぐに「一緒に入ってほしい」と声を出す（絶対にそう言っている）。仕方ないので中に入って一緒に遊ぼうとすると、柵の向こうのほうでひとり遊びを始める。じゃあ、私は出てもいいかな、と出ようとすると、それは嫌でまた泣き声を出す。

仕方ないので、柵の中にいるときはパソコンを使わないでもできる仕事をすることにした。ゲラを読むとか、スマホで緊急のメールを読むとか、ネットで買い物をするとか、本を読むとか、しようと思う。

しばらくして、柵から出たくなって泣き始め、今度はキッチンに座り込んで動かなくなったら、キッチンでしかできないことをしよう。離乳食を作ったり、掃除をしたり。プリンスが別の部屋に移動したら、今度はそこでしかできない片付けを……そんなふうに、その場その場でできることをしながら移動していこう。意外とその方法でも、やろうと思っていたことが全部すんだりする。

子育ては、「思い通りにいかせようとする執着」を手放す修行。

4月5日（木）

今日まで待って、新しいお財布を下ろした。

レノマのオフホワイトの革の財布。今日がお財布を新しく下ろすのによい日だそう。……私デザインのお財布、作ろうかな。

きのう書いた「その場その場でできることをするという方法でも用事が全部すむ」という話だけど、これって、人生全体に対しても言えるよね。

自分は絶対にこっちの順番がいい（こうじゃなくちゃダメ）と思い込んでいたけど、違う順番を経験したら意外とよかった、いやむしろこっちのほうがよかった、ということは人生でもよくある。大きなことで言えば、私の場合は結婚と仕事が完全にそうだったな、と思う。20代の頃なんて、早く結婚して仕事なんてさっさとやめよう、とか思っていたけど、仕事ばっかり進んでいき、30代後半で結婚したときには「自分には仕事がないとダメだった」ということに気づいた。神様よ、その順番にさせてくれてありがとう、という……。

これからも、頑張った結果違うほうへ進む流れになったときは「きっとこっちのほうがよかったんだろう」と思いたい。そっちを全力で楽しむ、というか。

そう、プリンスにもそういう人になってもらいたい。望んでいない環境になったときに、そこから楽しみを見つけて立ち上がるような。男子だから特にね、荒野でひとりで放り出されても、工夫して自力で立ち上がってくるような人、それが理想。

4月8日（日）

最近のプリンスは抱っこしていないと泣くので、何もできない。

仕方ないのでテレビを見る。

テレビ……本当に見るものがないよね。

この時間、瞑想しようかな、と思いつく。去年、プリンスが生まれる前に瞑想を習いに行ったあれ、再開しようかな……いや、無理だな。こんな状況で瞑想だなんて、朝も夜もわからないような混沌としている状態だから、目を瞑《つむ》ったら寝ちゃうかも。

そんな時間があったら本を書きたいし。あ、逆にそういうときこそ瞑想なのかな。でも今はいいや、毎日ボーッとして瞑想しているようなもんだし。

私って、なんかこう向かっていることがないとダメなんだよねー。目標とか、目的とか、進んでいる感……と思ったら思い出した。引越し！

今は引越し先の新居のことだけを考えようっと。

4月9日（月）

今日もプリンスは抱っこしていないと泣くので、何もできない。

「無理!!」とママさんに預けに行く。

きのう、マンションの水道管の点検があった。

すぐに終わってディスポーザーを回したら、「ガタガタガタガタ」とものすごい音を立てて動かなくなった。え？　水道管をさわったことが原因？　と思ってコンシェルジュに連絡すると、水道管の点検とディスポーザーはまったく関係ないと言う……そうだよね。水道管点検の人がまだいらしたのでついでに見てもらったら、その場でサポートセンターに電話してくれた。

「おそらく、中の金具が噛み合ってしまったためで、たまに起こる」らしい。

「それを解除する付属品がついていたそうですが……」と電話で話しながら水道管の人が私を見たけど、そんなのどこかにいっちゃった……。

すると水道管の人が、自分の工具の中からよさそうな道具を見つけてガチャガチャやってくれて、直った。

水道管の人がいるときでよかった！　こういうタイミングのよさって、ものすごくうれしい。

4月10日（火）

朝、緑がキラキラ輝いているのを見て外に出かけたくなった。

今日と明日は暇なので、ウー&チーに、

「今日と明日は暇だから、散歩するときは誘ってね～」

とライン。するとすぐに返信があって、明日、ブランチをすることになった。

で、明日は明日として、今日はまだ朝の7時半。暇。

「ご飯食べたら、仕事の前にコーヒー飲みに行かない？」と夫に言いながら、午前中にエステを予約していたことがわかった。久しぶりのエステ……でも今日はその気分ではないので延期する。

その続きで、もうひとつ、今日までにしなくてはいけなかったことを思い出した。そのことを考えていたら、さらにもうひとつ、しなくてはいけなかったことを思い出し、今日はまったく暇ではなかったことがわかった。コーヒーも延期ね。よかった、ブランチが今日じゃなくて……。

午後、集中して仕事。


ずいぶん、日が延びた。4月から5月のこの爽やかな気候、大好き。

夜、プリンスは「世界の村で発見！こんなところに日本人」の番組を食い入るように見ていた。北斗晶を見てニヤリとしている。私も北斗晶、好き。

4月11日（水）

今朝は春の嵐みたいだけど、日差しがキラキラしていて、爽やか。

ウー&チーとブランチ。

こんなふうに気楽に声をかけてパッと集まれるのがいい。

先月、自分で辞表を受け取って会社を辞めた（重責を降りた）チーが「毎日日曜日ってこんな感じなのね」とつぶやいていた。その後、近くを散歩して、チーの物件探しをする。実はチーも引越しを考えていて、自分の理想の物件を引き寄せるべく、イメージを固めているところなのだ。楽しいね〜。

4月12日（木）

プリンスは、しっかりとつかまり立ちをするようになった。私が作った棒につかまって。太もも、ムチムチ。


さて今日は、二子玉川に、中学からの同級生Yが持っている物件を見に行く。

二子玉《にこたま》って、この10年くらい行ったことがなかったんだけど、玉川沿いの川べりがこんなにひらけたとは……。素敵なスタバとか公園などあり、高島屋だけじゃないんだな、という感じ。

その物件は川べりに建っていて、とてもモダンでカッコよい「いまどきの新築一戸建て」だった。

中もとてもよく考えて作られていて住みやすそう。そこにもともと生えていた松の木を残しているところがインパクトあり。

びっくりしたのは、2階のリビングからの眺望。多摩川沿いなので景色がすごく向こうまで広く抜けている。水辺までの緑の芝生が広いので平原に建っているみたい、これはいいね。それにしても「この場所でこの賃貸料？」というかなり大胆な家賃設定だったけど、すぐに埋まったらしい。彼のセンス、全開。

彼が作った保育園の外観も見せてもらった。こちらも素敵。「これ作ってるとき、めっちゃ楽しかったぁ」と。そうでしょう、そうでしょう。めちゃめちゃクリエイティブな作業だもんね。彼と私は実はライフスタイルは全然違うのだけど、よいものに純粋に心が開かれている感じがすごく好き。

国道246をピューッと走って、帰りもあっという間だった。


夜は友人の誕生日で広尾の「ア・ニュ ルトゥルヴェ・ヴー」へ。期待を裏切らず、今回も美味しかった。今日のメンバーも、私がありのままで楽しめる人たち。ああ、「ア・ニュ」って「ありのまま」って意味だ。たまたま……。

4月14日（土）

このあいだ延期したエステを受けに、パレスホテル東京の「エビアン スパ東京」へ。あるパーティーでチケットをいただいたもの。

高級感満載の館内。サービスは、まぁ、普通。

パン屋さんでサラダやパンをたくさん買って帰る。

夜はハンバーグにする。

4月15日（日）

小雨の日曜。しっぽりと朝食を食べていたら急に日が出てきて、緑がピッカーッと光ったので、これは!!と急いで外に出る。

私の好きなハワイの空気。この風、香り。

「帆帆ちゃんの機嫌がよくなってよかった」と夫に言われる。

そう、この数日、プリンスが夜中に起きるので今朝も機嫌が悪かったのだ。機嫌が悪いときに必要なのは「自然」だと思う。私の場合、高級なレストランやエステは本当にたまにでいいいけれど、この感覚は毎日欲しい。

途中に寄った公園が、絵本の中みたいだった。向こうには一本の桜、手前に色とりどりの花が咲いていて。プリンスもうれしそう。

遊具に乗ったりする。

「ああ、やっぱりこの風はいいよね～、ハワイだよね～、ハワイだよ」

と連呼して、「しつこいね」と言われながら散歩が終わる。

夜、久しぶりに「大改造!!劇的ビフォーアフター」を見る。大家族で一日5回（だっけ？）洗濯機をまわすというお母さんに、自宅を改造して広い洗濯室を作ってあげる、という回だった。子供たちにもはじめて自分の空間を作ってあげる。

これはいい回を見たな。お風呂に入る前に見始めて、お風呂の中で改装シーンを見て、出てから夫と一緒にアフターを見る。アフターの「なんということでしょう」のところは絶対に一緒に見たかったので。

最近、毎日楽しい。

4月16日（月）

自分の自信をなくさせるような人とは付き合わなくていいな、とふと思った。

プリンスも11ヶ月を迎えた。ものすごく可愛い。ひとりでちんまりと座って絵本を読んでいる後ろ姿！　窓から外を見ている後ろ姿。私はどうも後ろ姿に弱い。月齢を表す「11」のシールを貼って、身長のメモリが書いてあるタオルの上に寝かせると、チロンとこちらを見る不敵な笑い。もうすぐ歩き出しそう。

寝る前に母乳をあげるのをいつやめるか、タイミングを見ていたけど、ものすごく欲しがってバタバタと泣きわめくので、もうしばらくあげてもいい、ということにした。

今日は新月なので、心を見つめてお願いごとを書く。これって結局、毎月自分の心の思いを整理することに意味があるよね。どうしてそれを望むのか、本当にそれを望んでいるのか、それによって別のなにかが見えてきたり、本当に望んでいることに対しては思いを強められたり、する。

新刊200冊分にサインする。

4月18日（水）

きのうのプリンス、自分の食事のあと、私が食べていた蒸しパンをどうしてもどうしても欲しそうに手を伸ばすので、はしっこのバターのついていないところを小さくちぎってあげたら、口に含んで、「へへへへへ」と笑ってる。

「ほらね、やっぱり美味しいじゃないか」

と言っていたね、あれは。

プリンスの兜《かぶと》を買いに行く。いまどきの兜は、昔みたいな鎧もつけた大きな人間の形のものは意外と少なく、兜だけが主流なんだって。はじめは鎧付きの大きなのを買う気満々だった夫だけど、私が「でもこれって、戦いに行く前の姿だから、あまり私は歓迎じゃないな……」と言って、兜だけになった。いいと思う。

鯉のぼりと金太郎の人形も買う。どちらもとても気に入ったものがあったので。金太郎人形なんて、プリンスにそっくり。

「え？　どこが？」

「太もも」

4月19日（木）

郵便物の再配達の手配だとか、クリーニングの受け取りなど、なにかの手配ややりとりというのは毎日起こる。いくら人に頼んでも逃れられないものはある。

「そういう雑用が終わることって……ないよね」

「それが生きているってことよ」

とママさん。そだね〜。

こうして子供を育てて、いつか今のママさんのように自分の子供の子供の世話をする日がくるかもしれなくて、そうやって終わっていくと思うと、人生ってなんなんだろう、とか、たまに思う。あっという間。

帆「そう思うと、好きなことをしなくちゃもったいないよね」

マ「そうよね、くだらない愚痴とか、文句とか、言っている暇はないわよ」

帆「ないねっ」

マ「ないない！」

こういうとき、プリンスって、すごくわかっている顔して「ニヤリ」と、こっちを見るんだよね……。

それにしても、どうしよう、この忙しさ。5月から始まる「引き寄せを体験する学校」が大詰め。アメブロを毎日更新するのには慣れたし、「まぐまぐ」も「共同通信」も意外と変わらずに更新できているけれど、新刊の準備がほとんどできない。以前からの連載をこなしているだけ。

午後、新しい部屋の採寸に行く。

契約は5月になったらしい。引越しは5月の終わり。今はそれが唯一の楽しみ。

夜中、今日締切りの「船井メールマガジン」の原稿を一生懸命書いていたら、夫が帰宅。会食のお土産の筍ご飯をパクパクと食べる。もうひとつお土産にいただいたドライフルーツ（「綾ファーム」）を食べたら、とても味が濃く、しっかりしているのに甘過ぎず、美味しかった。ネクタリンと白桃と洋梨が特に好きだった。

4月20日（金）

朝食のあと、プリンスに「さあ、今日は何して遊ぼうか」と言ったときにハッとした。本来、大人もそうあるべき。大人こそ、そうあるべき。

世の中の素晴らしいものの中から、自分好みの豊かさを味わうのが人生の目的のはず。私も今日からその気持ちで生きよう。今日は何をして楽しもうかな。

実家が大企業の〇代目で、いろんなビジネスを展開している同級生（男子）と話していて、「そういう環境の人の悩みって……」という話になった。

「なにをやっても親の力と思われちゃうところじゃない？（笑）」

と私が言ったら、「実際、そうだしな」とつぶやいていた、そんなところが彼のいいところ。実に素直に認めていたけれど、それは「それのなにが悪いの？」と開きなおって、その世界だけで生きていこうとするのとはまた違う。

そのあたりって、本当に微妙。親には関係ない新しい考え方を元に、今は本人が独立して家族とは別のビジネスを展開している場合でも、それを展開できたはじめの資金は親のものだからね。世の中の「非常にお金を持っている人たち」で、本当に本当に自分の力でゼロから始めた人はめったにいない。で、それを忘れたかのように、まるで全部自分の力でやっているかのような何代目の人たちの、なんたる多いことよ（笑）。昔はその中だけで手をつないでいればよかったけど、もはやそういう時代ではないしね～。

夜は、銀座のショパールブティック本店でバイオリンと能楽を鑑賞する、という催しに行く。

4月21日（土）

午前中は総理主催の「桜を見る会」。＠新宿御苑。

午後はホホトモサロン。

ホホトモサロンを始めて本当によかったなと思う。毎回、話が深まっている。

会の終わりのほうに、こんなことを話される人がいた。

「こんなに楽しいことがあると、しばらく楽しいことはおあずけにして頑張らなくちゃ、とか思っちゃうんですけど、そうじゃないんですよね？」

うん、そうじゃない（笑）。楽しいことは頻繁にあっていい。毎日意識的に作るくらいでいい。それってある程度、その人の癖なんだよね。幸せを後回しにする癖。幸せはどんどん享受してもバチは当たらないし、受け入れればそれが加速する。先に活動するエネルギーがどんどん生まれるし、どんどんまわりに分ける気持ちになる。

タイに行ったときの「ピンク・ガネーシャ」という神様の姿が浮かんだ。この世の幸せなことを際限なく味わおう、という豊かさの象徴の神様。

夜、プリンスをビデオに撮る。夫がボールを蹴るフリをしたり、わざと空振り（空キック）をしたりすると、なぜか「ウキャキャキャキャキャキャ」と異常に笑い続けるプリンスがおかしいので、それを撮影した。こんなに笑って息が詰まらないかな。手で床を叩きそうだし。

4月22日（日）

ああ、また今日も夏のような青空、幸せすぎる。

午後、プリンスと2ヶ月違いの女の子のママ、Rちゃんが来る。どうやらプリンスは新しい人や新しい環境になると、まず相手のことをじーっと観察するみたいだ。今日撮った写真、前半は、ムッツリした顔で相手の様子をうかがっているシーンばかり。

午後、うちの近くで開かれている屋外のアンティークマーケットへ。

宝物、なし。

4月23日（月）

久しぶりの友人、Kちゃんに会う。六本木の「マーサーブランチ」で……ブランチ。

区議会議員をしているKちゃんは、私とはまた違う意味で自分の進んでいる道にいろいろと思うことがある様子。でも彼女は、自分の考えや方針がきちんとしていて揺らぎがないから好き。いや、揺らぎのあるときは会っていないのかもしれないけれど、意思や希望がはっきりしている人は、はじめはその方法がわからなくても、時間の問題で引き寄せるし、早いよね。

午後、「引き寄せを体験する学校」の運営チームと打ち合わせ。ズームという機能を使ったら、まるで一緒に会議室にいるみたいだった。

数日前にできた靴擦れが、悪化……。

4月24日（火）

きのう配信の「まぐまぐ」に「気持ちが落ちたりモヤモヤしたときに私が唱えている魔法の言葉」を10個書いた。だいたい、この10個のどれかを唱えている。

1、それは私の大事な時間を割いてでも考えることかな？
（どうでもいいことに意識が向いているとき）
2、それは「私が」考えるべきことかな？
（人の問題に首をつっこんでいるとき）
3、それは「今」考える必要があるかな？
（起きてもいない未来のことを心配しているとき）
4、きっとそっちのほうがいいのだろう
（予定外のほうへ物事が進んでいっているとき）
5、これがどんな展開をしていくか楽しみ
（先がどうなるかわからなくて不安なとき）

6、因果応報は必ず働くから大丈夫
（悪者がよい思いをしているのを見たとき）
7、永遠に続くことはないから大丈夫
（意外と早く終わる）
8、居心地いいのはどっちだろう？
（どちらにしていいか迷うとき）
9、考えると疲れるから、考えるのやめよう
（考えても解決しないことをいつまでも頭に留めているとき）
10、そうだそうだ、楽なほうを採ってよかったんだ
（楽なほうを選ぶことに罪悪感を持ちそうになっているとき）

4月25日（水）

夫は常に、毎朝機嫌がいい。朝起きたときから冗談など言っている。たとえば日常生活で、思わぬことが起きて私がイライラしそうになったときなど、パッと気の利いたことを言って笑わせてくれるような人だ。それは私にはない才能、性質なので、とてもありがたい。

5月の「ファンクラブツアーin東京で増上寺」にも行くので、今日は久しぶりに増上寺に

参拝する。雨なので、黄色い傘と黄色いコートを着ようっと。

ブランチをしているうちに雨は上がり、暑いくらいだった。増上寺隣の芝東照宮にも行った。緑が豊富。東京って実は緑が多いと思う。

4月26日（木）

午前中、家族の用事で外出し、お昼に戻ってからあたふたと準備をして軽井沢へ。夫のスーツをクリーニングに出すのを忘れていたことに気づき、「いつものところに取りに来てもらうのでは間に合わない……」と思っていたら、エレベーターホールで、マンションに出入りしている別のクリーニング屋さんとバッタリ。そのまま引き取ってもらえた。


着いて、ツルヤで大量に買い出しをして、家に入ってようやくホッとする。

今日までいたパパさんと入れ替わり。夫は29日の夜に来る。

プリンスにいたずらされながら、ようやく買ってきたものを収めて、ようやくお風呂を掃除して、ようやく私たちの寝室に荷物を入れて、ようやくゆっくり……と思ったらプリンスの夕食の時間、終わってすぐに私たちのご飯、プリンスのお風呂、さんざん暴れたあとに寝かしつけ……とやっているうちに疲れ果て、今日の予定の仕事は、ゼロ……まあ、こんなことが半年ほど続いている。

このあいだ撮った、プリンスの笑い転げる動画を友人に送ったら、

「何回も見て笑ってます。特に21秒あたりの大爆笑が素晴らしい」

という返信が来たので。21秒あたりをもう一度見る。

アヒルをふくらませたけど

4月27日（金）

軽井沢の朝、いろいろ考えていたら目が冴《さ》えたので、起きた。

考えたいことがあるので、プリンスが寝ている今のうちに、着替えて散歩へ。ママさんがいてくれるのでありがたい。

少し寒いけど、快適。いつもの散歩道を歩いていたら、すぐにいろいろと答えが出た。自

然って、そういう力、ある。そこからは、光の差す木の写真を撮りながら進む。運動不足すぎて、太ももがかゆくなってきた。

帰ってすぐにアメブロを書く。

8時近く、プリンスが起きてきた。プリンス用に、鱈《たら》とトマトとブロッコリーとお豆腐の煮込みを作る。それから、きのう作ったはんぺんのお焼きと卵ご飯。朝食を食べて、また眠りに入ったプリンス。

私とママさんはいそいそとコーヒーを淹《い》れて、引越し先のインテリアを考えた。白い紙に図面を描いて、あの机をこっちに、あのソファをあっちに、など、絵を描きながら。

新しく買うもののイメージが決まった。でもそれは日本では見つからなそう。

「パリの蚤《のみ》の市なんかに行きたいわね〜」とママさん。

「………行こうか」

それから、パリに行った場合のことをクルクルッと考えたけど、やはりプリンスを預けては行けないし、連れて行ったら現地での買い付けができなくなる。そこに夫を巻き込むのも申し訳ない。

「まあ……今回は国内で楽しもうよ」

「そうね」

欲しい形のソファがあるので、おしゃれな家具屋を経営している知り合いに連絡してみようとフェイスブックを開けたら、彼の直近のフェイスブック投稿が「今、パリに来ています」というものだったので、笑った。

プリンスの昼食のあと、軽井沢銀座へ散歩。いつも寄る輸入雑貨のお店で、プリンスの洋服やちょっとした可愛いものをいろいろ買う。ホホトモサロンの参加者の方へのプレゼントも。もうすぐ「引き寄せを体験する学校」が始まる。

4月28日（土）

今年の軽井沢はあったかい。毎年ゴールデンウィークの頃は、まだ暖炉をつけたりするのにね。

連休前の混んでいないうちに行っておこう、と「天空カフェ・アウラ」へ……が、子供はダメだったことを思い出した。そうだった……。

ということで、子供もOKで、奥まった場所にある静かなカフェへ。

前回は1時間ほど並んだけど、さすがにまだ混んでいないのですぐに入れた。お客さんは他に一組。オニオングラタンスープとバタートースト、ママさんは野菜カレーを頼む。

「うちも、これくらい庭の広さがあるといいね」

いずれそうなるようにイメージしよう。今は今の環境を楽しもう。

「あら、ママは充分楽しんでいるわよ」

と言っている。そだねー。

帰りの住宅街で、タンポポがたくさん咲いている庭をいくつも通った。

「うちの庭にもタンポポをたくさん咲かせようよ」

「そうね、綿毛が根付けばどんどん増えると思うわよ」

「じゃあ、空き地に咲いていたらもらおうっと」

なんて話していたら、すぐにタンポポが咲き乱れる空き地が出てきた……けど、手で抜こうとしたら根が深くて難しい。タンポポって、たくましい。

家に戻って、裏庭の掃除を頼まれたので箒《ほうき》を出しに物置を開けたら、顔の真ん前の棚にシャベルが置いてあったので、急いでタンポポを採りに行く。

4月29日（日）

朝の木漏れ日、最高。

朝食のあと、すぐに「カインズホーム」に行って、ママさんがＤＩＹをするための材料を買い、「ヤマダ電機」でテレビを買う。いい加減、ここのテレビ、買い替えていいと思う。なんだかすごく古いし、ビデオも早送りができない。ビデオデッキとの接続がいつも面倒なので、ＤＶＤ内蔵式のテレビに決めた。丁寧な店員さんが要領よく進めてくれて、車まで運んでくれた。

これで今日のミッション終了。あとはずっと家で好きなことをしながら仕事をする、最高。

夜、夫が来るので駅まで迎えに行った。誰かをお迎えに行くのって楽しい。

夕飯はいろんな種類のお刺身をたくさんと野菜のお味噌汁。彼がここに来ると、はじめの晩はたいてい山盛りのお刺身。

4月30日（月）

軽井沢にいると、朝が早くなる。よく眠れるので短時間でも熟睡しているからと、朝早くからいろんなことを思いついてすぐに起きたくなるから。

「どうして東京ではこうならないんだろうね」

「きよ」

とママさん。ああ、「気」ね。気がよいからよ、ということ。

マ「奥の和室の天井を直したいのね。自分で。簾《すだれ》を貼り付けるみたいにしたいの。イメージはあるんだけど、その簾を天井につけるのに、何かいい道具、というか部品はないかしら……と思っていたら、見つけたのよ。掃除でなにげなく洗面所の上の扉を開けたら、取り付けにぴったりの針金が入っていたの。すごいわね～」
帆「オーダーすると、答えがくるよね」
それを黙って聞き入っている夫。

今日の夜はお肉。これも彼が来たときの軽井沢の夜の定番。初日はお刺身、2日目はお肉。焼肉屋に行くときに、「榮林」の前でYさんを見かける。

「あ！　ああ!!!　ちょっとちょっと停めて！」と急いで車を停めてもらった。

実はYさんに伝えたいことがあって、「でもラインだと伝えにくいなあ、本当は会って話したいけど、そのためだけに会うのは大げさだし……」なんて考えていたので、びっくりした。よかった！

5月1日（火）

きのうYさんに会えたこと、あれってすごいと思う。

今、こういう小さなラッキーが起こったら大げさに喜ぼう、という期間なので、何度も思い出して流れのよさを噛みしめてる。考えてみたら、「小さなこと」じゃないよね、大きなことだよ。思っていた人にすぐに会えるようになったら、こんなに便利なことはない。

「ブランジェ浅野屋」でパンを買ってきて、庭で朝食にする。

テラスのベンチがついに壊れた。夫が座った途端、ボキっとすごくいい音がして……。

私は「ちょうどいい、これ危ないから取り替えたい」といつも思っていたのだけど、ママさんは気に入っているそうで、簡単には取り替えたくないらしい。そこへ、近くに住んでいる人が木材を抱えて前の通りを通りかかった。

捨てる木材らしい……そして案の定、その木材はうちのベンチの修理にぴったりで（合わせたかのように同じ色）、向こうも処分するところだったのでちょうどよく、ベンチもすぐに復活した。

流れ、いいね。きのうのYさんとかね、タンポポが欲しいときにすぐにシャベルが見つかるとかね。

これに比べると、今年の1月2月あたりは妙に沈んでいたな、と思う。部屋も決まっていなかったし。やることが多すぎて、プリンスの世話の肉体的な疲れで落ちていた。そんなときでもクリエイティヴィティ（創造性）を発揮できることがあればまだ気持ちも上がるけど、新刊の原稿を書く暇なんてなかったしね。でも新居について動き始めたあたりから、「すべてはベストタイミングで完璧なことが起きている」ということを思い出して、同時に新しい部屋のインテリアを考え始めたら創造欲が満たされたりもして、あのあたりから流れがよくなった。この流れを維持したい。

午後、屋根の落ち葉の掃除をすることになった。夫が屋根に登るのかと思いきや……え？私？

あぁ、でもまぁ、そうだよね、私のほうが軽いし。私も、私が登るほうが気楽。

今年はゴールデンウィークに入る前に屋根の掃除を頼まなかったそうで、冬のあいだにたまった落ち葉がしっとりと重く降り積もっている。

大きな熊手と箒と軍手が準備され、あっという間に梯子《はしご》がかけられて、「さ、いつでもいいよ」とか言っているので、汚い格好に着替えて登った。

すると、結構いい眺め。緑がすぐそばにせまっているし、思っていたほど恐くなく居心地がいい。これで月が見えたりしたら、夜に登るのも悪くない。

ああ、でも滑って落ちたりしたら、大人って意外と大きな怪我になるんだよね、と慎重に這《は》いつくばって進む。途中で落ち葉を落としながら。結構大きな枝ものっているので、落とすのも大変。たまに通り過ぎる観光客に見られるのがちょっと……。

夫がプリンスを抱えて道路の反対側に行ったので、屋根の上からプリンスに手を振った。「お！」という顔で目を見開いて見上げている。

すっかりきれいになって、ママさんは大喜び。ゆっくりお風呂に入る。


夜、Eテレの録画を見ていたら、「島ごとまるっとみんな踊れちゃう」という感覚で、「隠岐島」をダンスアイランドにしてしまったSさんという女性の特集をしていた。

Sさんの影響で、島中の人がカメラを向けられるとすぐに踊れちゃうくらい踊り（ダンス）を楽しむようになった。盆踊りの変形バージョンの人もいれば、ヒップホップらしきものもあれば、本人のめちゃくちゃ踊りもあるけど、すごく楽しそう。

隠岐島出身のSさんの願いは「この島で生まれた子たちが、この島を好きになってくれること、そして願わくは島に残ってくれること」だそう。「Sさんがいると、みんなが明るくなる、Sさんは島を元気にしてくれる、お父さんお母さんが元気だと島中が元気」とみんなが言っている。

結局、こういうことだよね。行政機関が「島おこし」として机上で何かを考える……それが必要な場合もあるけど、それが効果的に機能するのは、そこに関わっている人たちが本気でそれを楽しもうとしているときだけだ。楽しい気持ちが高じた結果として起こる活動であること、それが一番人を動かす力があるし、長続きする。そして主催する側とされる側が同じ関係になれる。してあげる側とされる側ではなく。

録画したビデオを見られるのが、休暇のいいところだよね。

5月2日（水）

きのうの午後、夫は一度東京に戻った。ゴルフなど、いろいろあるので。

今、夜中の1時すぎ。ちょっと気になることがあって、それを考えるとモヤモヤし始めたけど、たぶんしばらく経てば解決するだろうと思って考えないことにした。いつもそう。どんなことでも、解決しないことはない。

朝になった。きのうのモヤモヤもすっかり影をひそめた。朝、いいね。

今日は、従姉妹が教えてくれたアンティークショップを探しに行く。従姉妹の家にとても素敵なオブジェがあって、軽井沢のそこで見つけたと聞いたので。

18号を北上して、「ここかな？」とはじめに入ったところは、違った。もう少し先のお店も違った。あとはここしかないよね……というガラクタ屋さんに入ってみる。入るのにも勇気がいるような、一瞬、ゴミ捨て場かと思うような店構え。外から入り口までの道にもたくさんの売り物があり、抱っこしているプリンスにぶつかりそう。入り口の扉には、「今、いません　店主」というメモがある。窓からのぞいたら、店内にもおびただしいガラクタが並んでいる。

「でもここ、結構面白いものがあるわよ」とママさん。「こういうところで掘り出し物を見つけるのこそ、醍醐味《だいごみ》よ」とも。

ロンドンのアンティークマーケットをもっとごちゃっとさせた感じ。たしかに、こういう凄まじい場所で見つけてきたものほど、「これ素敵、どこで見つけたの？」とか言われたりするよね。ガラクタでも、欲しい人には宝物。

でもまあ、今回はなにもナシ。

5月3日（木）

今日も朝から可愛いプリンス。両手を持たれて、数歩、歩くようになった。

私は引き続き、新居のリビングのイメージをしている。

私たちとしては、何か大型のオブジェが欲しい。そこで数日前からネットで「アート、オブジェ」と検索しているけれど、いまいちピンとこない。イメージもまったく湧かないので、「ここはいっちょカードでも引いてみるか」と、軽井沢に置いてあるカードの束から1枚引いたら「Moving Forward Fearlessly」というのが出た。

解説には、「あなたの内なる気持ちを大切にして欲しい」とか、「実現するために毎日一歩でも進んでください」とか書いてある。

進んでいるけどな……と思いながら、改めてネットを開いたら、そもそも「アート、オブジェ」みたいな方向で検索すること自体が違うな、という気がしてきた。だって、そのアートになんの思い入れもないもの。

初心に戻ろう。

私が本当に好きなモチーフは「ヨット」だ。

「そうよ、あなたはやっぱりそうよ」とママさんも言う。そうだよね……。

それからヨットや帆船を中心に探してみたけど、その検索で出てくるのは、糸がついている帆船の模型など、どんなに大きくても置物の範疇《はんちゅう》を出ていない。こういう「置物」じゃなくて、もっと大きいアート作品と言うか、いや別にアート作品になっていなくてもよくて、素朴な大きなヨット。

帆「やっぱり作るしかないかな」

マ「そうね……」

帆「大きな積み木を積むようなイメージで」

マ「うんうん……あぁ、いいわね。軽井沢にＤＩＹセンターがあるから木を切ってもらえるわよ」

ということで、さっそくママさんがヨットのデッサンを描く。

こういうときのママさんって本当にすごい、よくそんな図面描けるよね、定規も使わずに。

「定規を使うと感じが出ないのよ」なんて言いながら、あっという間に素敵なヨットを描きあげた。

床から天井までの一番高いところを2メートルにしようと思う。下に台をつけて、そこに真鍮《しんちゅう》のプレートなどつけて、プリンスの名前やちょっとした言葉を書き込んだりしたい。誕生日を入れてもいいかも……。

ああ、ようやくワクワクしてきた……これだよね。

結局、カードの通りになった。「自分の内なる気持ちを大切に」だ。

夕方、再び夫が来た。やっぱり彼がいると楽しい。ラインでは伝えきれなかったヨットのオブジェについて詳しく話す。

夕食は夫の好きなもの、いろいろを作る、ママさんが。私も手伝ったけど。

5月4日（金）

昼間、夫がプリンスを見てくれるというので、私はママさんとお茶と買い物へ。

「改めて、あんな部屋、よく見つかったわねーー」とママさん。

帆「改めてって言うか、それ、ほぼ毎日言ってるじゃない（笑）」

マ「だって本当にすごいと思うのよ。こんな狭き門、と言うか難しい条件のところが見つかって、このタイミングで空くなんて……」

帆「そうだよね、今回、何が原因でこんなにタイムリーに見つかったんだろう。私、今年に入ってから部屋のことはあまり考えてなくて、去年集中して見たときにあまりになかったから、もう考えるの疲れてたんだよね」

マ「それよ！　手放したからよ」

一度オーダーして、やれることを全部やったら手放す……たしかにそれは結果的にしていたよね。でも、部屋の条件や理想のものをイメージしたり、オーダーしたりしていなかったけどな……ああ、でも、「私たちが納得する一番いい形に決まる」と思い続けていたか……。

そうか、だからその後、今年に入ってから、「本当の本音は〇〇がいいんだよね」と、去年はあきらめていたものに意識が向いたんだと思う。「本当はそっちのほうがいいんでしょ？」と、宇宙が気づかせてくれたようなものだ。

「お昼にパン買って行くけど、何がいい？」と夫にラインしたら、「カリカリしたものかな」という返信。

夜は、夫が入っているゴルフクラブの人たちと食事。しゃぶしゃぶ。

帰ってから「ぴったんこカン・カン」を見る。

今日のゲストは樹木希林、そしてなんとご自宅公開だったので、これは見なくては！と思っていた。私は不動産やインテリに対する希林さんのセンスや感覚が大好きで、大ファン。

自宅を入ってすぐの和室にあった無地のステンドグラス、素敵！　奥にあった襖絵も!!

拾ったアンティークのドアも、受賞したトロフィーをそのまま置くと格好悪いからランプにしているところも、すべていい!!!

自分のこだわりが相当あり、それを自力で実現する力があり、その見せ方も他者に迎合していなくて本当によかった。

やっぱりこうでないとね。いいものを見た。これでこそ、新居のインテリア心にまた火がつくというもの。

5月5日（土）

家族3人で近所を散歩。屋根が綺麗になった。陽の光でキラキラしている。

今の私の状況は、自分が選んできた結果だとつくづく思う。

最高！と思うところも、「もう少しこうだといいなあ」と思う部分もすべて。自分が選んできた結果だとわかると、うれしい。これからも自分次第だと思うから。これからはさらに、まわりの人や環境、起こる物事の中から、自分が望む面だけを見ようと思う。

夫がヨットを作る方法を考えてくれている。厚みが30センチの木材、それをこちらの希望通りにカットしてくれる方法を。

軽井沢のＤＩＹセンターなんて、細い木の棒が数種類あるだけだった。そもそもＤＩＹセンターで頼む規模じゃないよね……。まあ、なんとかなるでしょう。

5月6日（日）

「引き寄せを体験する学校」が始まって、生徒さんの自己紹介を読むのが最近の楽しみ。すごく面白い。

「好きなもの」という項目を読んでいると、「私もそれ好き！」と感じるものが増える。みなさん、文章が上手。

軽井沢銀座で、私好みの白いパラソルを買う。２０００円。

今日は軽井沢での最後の夕食。家が一番いいね、ということでいろんなものをじっくりと煮込んだ大人のビーフカレー。

5月7日（月）

朝の6時半頃から帰る支度を始める。

朝食の準備をしていたら、ガスコンロがつかない。プロパンガスがなくなったらしい。あんな大きなのが2個もあるのに？と思って、「毎月点検に来ているはずの管理人はなにやっているんだ」と一瞬思ったけど、

「帰る日でよかったね〜」

「ラッキーだったね〜」

と言い合っている家族を見て……私はまだまだだな、と思う。

大量の荷物を車に積み込んで、9時半頃、出発。

東京に着いて、ママさんを送り、お昼の12時前に家に着く。

すぐにプリンスのご飯を作って、夫は仕事に出かけ、私は掃除。大量の荷物を片付ける。

なんだか、パワーにあふれている。

5月8日（火）

今日は休憩の日にしよう。

夫から「ヨットの木材のサイズを教えて」というラインがきた。

5月9日（水）

プリンスは、きちんと自分の椅子に座るようになった。今もちんまりと座って静かに「Noksu」を見ている。「Noksu」はイギリス？の子供向け番組。

海外の幼児向けのキャラクターの声って、結構低くて渋いものが多い。日本だと全体的に高い声が多いのに、可愛いキャラクターにも低いハスキーボイスなどが多く、低すぎて聞き取りにくいほど。外国人とは耳が違うのだろう。

5月10日（木）

久しぶりに美容院に行き、ストレートパーマをかける。「すごいストレートが出ました」と事前に聞いていたものをお願いしたら、本当に素晴らしかった。これまであったアイロンで伸ばす過程がなくなったので早くなったし、植物性のトリートメントを何回もつけるので痛まない。「エアーストレート」と言うらしい。

出産で抜けた髪の毛が生えてきて、10センチくらいのボーボーとした髪の毛が突っ立っている。

「去年、相当抜けたんですね。これ、出産を知らない人が見たら、なにかあったのかなって思いますよ……」

「そうなの！　みんな抜けるって言うけど、これほどまでとは思わなかった……これがやっと長くなってくる頃に、二人目とかだったりして……」

「あり得る……」

これでやっとメデューサから解放だ。

5月11日（金）

最近のプリンスは、夫がユーチューブで見つけたABCソングの歌の映像をジーッとよく見ている。歌が始まると体を揺すりながら、鼻をクシャクシャっとさせて喜ぶ。

午前中はZOOM会議。パソコンを開いた場所が逆光で、他のメンバーには私の顔が暗く映っていたそうだけど、化粧をしていなかったのでちょうどよかった。


最近、以前にも増して思うこと。それは、「そのときの自分の感覚を基準に決めていい」ということ。これまでもそうしていたけれど、もっともっとそうしていい、と感じる。

たとえば、しなければならない（と思っていた）ことについて、どうしてもやる気が起きなかったり、体力がもたなくて今日はあきらめた、というとき、そのまま延期したほうが絶対によい結果になる。余計な手間暇がかからずにすむ。あのときに頑張って（無理して）進めていたら二度手間だったな、と感じることがあとから必ず起こる。

ますます、そのときの感覚のままでいいんだな、とわかっていい気持ち。

ところで、朝からママさんのラインが既読にならず、自宅の電話に電話しても出ないのでちょっと心配していたら、夕方頃にやって来た。

インターフォンの画面に映っているママさんの姿がガックリとうなだれているので、なにかあったかと思ったらスマホが動かなくなったそうで、

「写真アルバムに、写真がありませんって出て、一枚もなくなっているの。ママにとってはとっても大事なものなのよー」

と本当にうなだれている。こんなに落ち込んでいる姿は珍しい。

電源が切れなくなっているので、ネットで調べて一度切り、しばらくしてから電源を入れたら動くようになった。

写真が全部なくなることって珍しいから残っているんじゃないかな、と思っていたら案の定、全部残ってる。

「ああああ、ありがとう、ありがとう!!!」

と大喜びのママさん……よかったね。写真はへこむよね。

「そうなのよーーー。プリンスの子供部屋のデザインを描いたり、素敵なものとか、外で見つけたものとか、もうそういうのが全部なくなったかと思ったら、本当にガックリきちゃったのよ」

取り急ぎ、今までの写真を全部私のパソコンにバックアップした。

「ママ、私に感謝したほうがいいよ」

と言っておく。ついでに私もバックアップをとった。

元旦書き初

プリンス、はじめてのお正月

冬の早朝、幸せなカフェタイム

1月末　「ワイエア」(ハワイ)のプール

1/24　ハワイアンエアラインの……♪

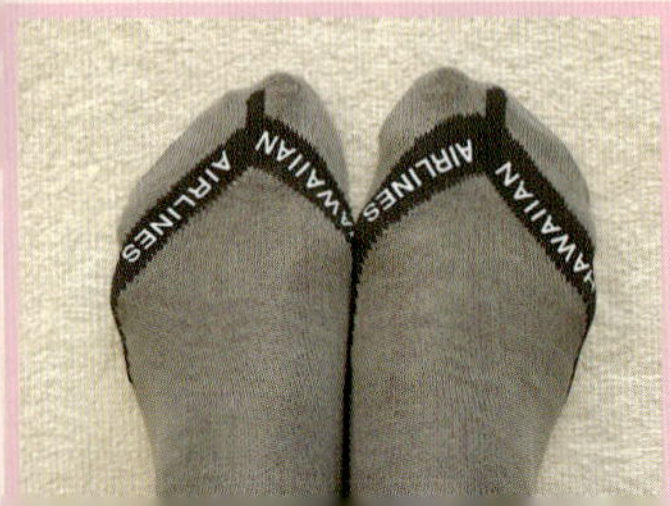

1／28　お気に入りの穴場の公園

後日、「引き寄せを体験する学校」のトップ写真に採用

ワイマナロビーチ

1／26　カイルアで買いそうになったスイカのバッグ

1／27　パンケーキ

／16　200冊分

3／7　壁紙

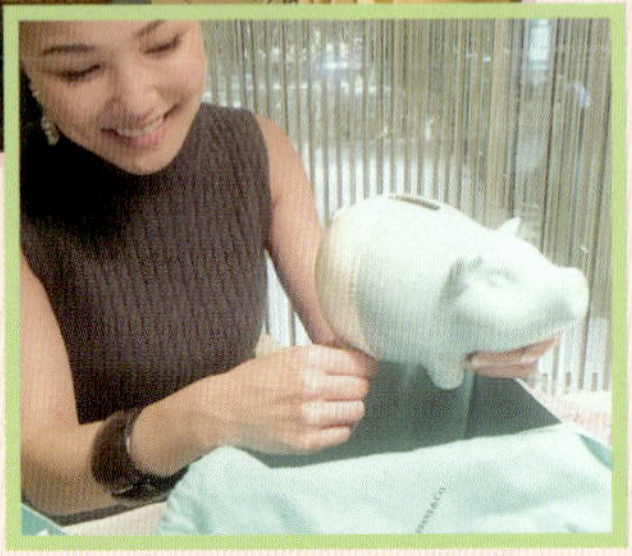

2／27　ティファニーのブタ

3／22　「江口だんご本店」

5／27　私を撮ってくれる
ホホトモさんたち（笑）

この時期、一番気に入っていた写真

4／22　アンティークマーケット

4／19
ドライフルーツ

軽井沢での定位置

4/28 タンポポをいただく

どの絨毯を持っていくか

引越し準備
開始

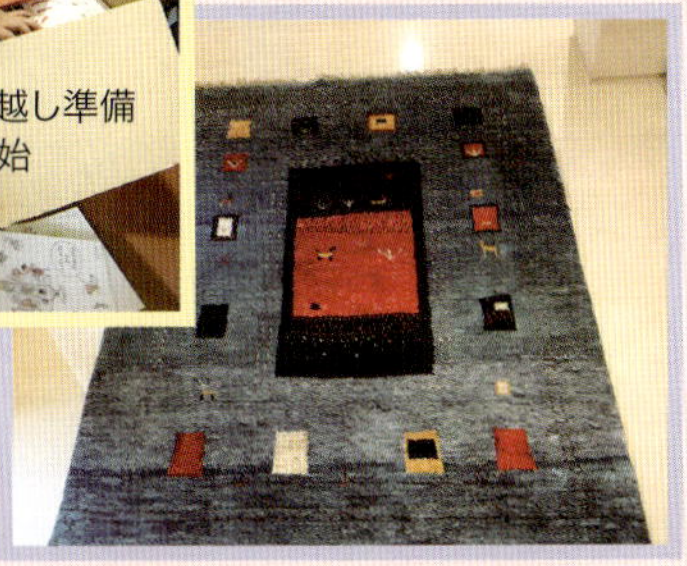

迷い中……

意外と美味しかったケーキ

1歳の誕生日

引越した最初の夜、寝てくれない夜

プリンスTシャツ！

6／22　はじめの一筆

これもいずれは
消された絵

絵を描く合間に
お気に入りの遊び

サロンも
改装中

7/7　サロンの額

8/13　「サーカス」完

こんな色の
ときもあった

完成！

このあいだに男の子や貝殻など消された図柄がたくさん……

完成！

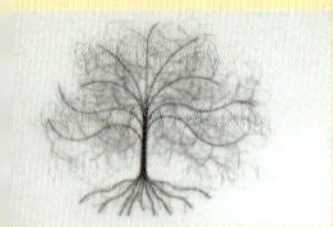

／2　従姉妹の家に
ったオブジェ

／11　ゾウ

8／17　軽井沢での熊手

7／18 彩雲

私のいるところに、
どこでも椅子を
運んでくる

5／24　プリンスの
おもちゃで作った
ネックレス

9／17　ホホトモハッピーパーティー

9／17
北原ご夫妻と

9／15
トリュフクッキー

ある日のプリンスの
ランチ

8／24　first curl

5月12日（土）

たまに、本当にごくたまに、孤独感が押し寄せてくるときって、ある。1年に1回くらい。でも次の日になると、思い出せないくらい消えていたりする。だから次にそうなったときは、そのことを思い出そう。そしてそういう日は、気が楽になることをしてやり過ごそう。意外とあっさり抜けるから。

でもよく考えてみると、孤独感は、他人と比べることから始まる。一番はじめのスタートはそれ。そこからグングンと闇に入っていくのだ。

今日の夜は、FENDIジャパンからご招待いただき、来日しているワールドプライベートクライアント担当のGさんや他の皆さまと会食。

はじめにFENDI銀座をのぞいて、その後、近くのイタリアンレストランで会食。全部で10名くらい。

FENDIジャパンの広報のSさんと楽しく話す。イギリスの話、イタリアの話、子供の話など。反対側のお隣のOさんは、お子さんたちがずっと私と同じ学校なので、つい学校関係の話。

しかしこれって……「接待するから買ってください」というあれじゃない？（笑）それってさあ……苦笑。

5月13日（日）

自分がレベルアップを望んだとする。どんなことに対してでもいい、職場環境でも、生活そのものでもなんでもいいけれど、これまでの自分ではない環境にシフトしようと望んだとする。

で、晴れてそのステージ（世界）になったとする。ところが新しいステージ（世界）には、そこなりに考えるべきことがあり、悩みもあり、それぞれに大変なことがあるとわかった……ということってあると思う。

なってみたら、それほどでもなかった、ということ。その環境についての自分の見方が間違っていた、ということ。その環境自体が自分を幸せにしてくれるだろう、という勘違い。幸せは自分が作るものなのに。

結局、環境が変わってもそこにシフトする本人は同じだから、見つめるところは同じ。いつも幸せな面を見ている人は環境が同じでも変わっても幸せなことを感じるし、逆もまたしかり。自分がどこを見つめるかだ。

そして間違いなく、どっちのステージ（世界）のほうが良いか悪いかはない。上下もない。その人がそこに居心地のよさ、好きを感じるかどうかだけ。

ママさんから朗報。私たちが探していた机が見つかったという。

今、自宅の引越しに備えてオフィスの一部も改装していて、「こういう机があったら御の字」と話していたものを、なんと、拾ったらしい！

ママさんのアトリエの1階に出ていた粗大ゴミの椅子にピンときて、管理人さんに聞いてみたら、「実は机もあるんですよ」と奥から机が出てきたんだって。それが私の考えていたものにぴったり。

「ママ〜！！！すごいね〜！！！！」

「でしょ〜!?」

「すごい〜!!」

「でしょ〜!?」

というのを3回くらい繰り返す、ラインで。希林さんみたい！！

5月14日（月）

きのうの机のことだけど、今後は、こういうことがもっと頻繁になると思う。こちらの波動と机の波動が合致して引き合わせてくれる、というようなこと。

メルカリやジモティーという形が出てきたのは、その序章だ。お互いの需要と供給をマッチングさせる始まり。もう少し精神的に進化すると、「こういうものが欲しいな、と思ったら目の前に現れる」というふうになっていくと思う。今だと、形になるのにまだまだ時間が必要だし、今回の机みたいに他人に引き寄せられる、ということもあるからね。

今日、ファンクラブが秋に実施するセドナツアーの申し込みの日だったのだけど、開始3分ほどで満席になったらしい。

海外ツアーがこれほど早く埋まるのははじめて。

5月15日（火）

夏の気配を感じる気持ちのよい朝。

午前中、時間があるという夫と早朝スタバへ。ドーナツとサンドイッチの朝食。後ろの席に、おばさまたちがたくさんやって来た。

「きのう、〇〇ちゃんに買ってきたの、よかったら使って」

「きのうのインスタ見た？　可愛かったでしょー？」

「このあいだの怪我、どうした？　すごく心配してたのよー」

というような会話はすべて、犬に対しての話だった……。

そのそばで、プリンスはパクパクパクパクパク食べている。

「〇〇くん」と呼ぶと、「ハァイ」と手を挙げるようになった。

午後、引越しの準備。

「プリンスの部屋の壁は薄い水色にするけど、いい？」とママさんからライン。

「どうぞ」と返信。

5月16日（水）

今日もきのうに引き続き、素晴らしい天気。

カーテンの隙間から夏空の気配。早朝からいろいろと動く。

友人から電話。前回の電話で「この人どう思う?」と聞かれた人について私が思っていたことを伝えたら、「さすが帆帆ちゃん、実はあのあと、その通りのことがあったの」と、詐欺まがいのことに遭いそうになった話を教えてくれた。

彼女はエネルギーが強いので、話しているだけで私のなにかが上がる。

10時過ぎにママさんが来てくれて、私は12時頃から人と会う。

2000人超えのファッションショーなど、すごいことをアッサリとやっているこの友人は、久しぶりに会ってもやはり非常にスピリチュアルな人だった。

近々行く予定の国について、

「はじめはドイツとアイルランドに行く予定だったんだけど、夫が突然ね、『コートダジュール』って降ってきた、って言うから、全部キャンセルしてコートダジュールに行くことにした」

とか言っている。はじめはそれだけで行き先を変更する気にはならなくて様子を見ていたら、コートダジュールに関係ある話がやってきて、それが3回続いたときにこれはもう行くしかない、と思ったんだって。たしかにコートダジュールって、そうそう簡単に出てくる地名ではないよね。

「シンクロの連続であっという間に事が進んでいく、シンクロが起こらないで進むことなんて、ないよね」

と言っていた。私もそう思う。その他、エネルギーの話など、すごく面白かった。流れのいい人と会うと元気が出る。

それから友人の紹介で、占星術をみてくれる人のところに行く。

私は生まれた時間がだいたいしかわからないのだけど、その近辺を30分おきに計算してくれたら、明らかに「この時間でしょ！」というものが特定された。その時間に生まれたと仮定すると、当てはまっていることがたくさんあり、他の時間だと少ししか当てはまっていない。面白いな、と思う。

過去や現在の状況が当たっているのは、もう形になっているのだからある意味当たって当然……。私はこれから先の計画を立てるために活用したいので、過去のことはもういいです、と伝えた。

今回の目的ははじめから「この国に行くとこういうことが起こる（こういう流れになりやすい）」という国や地域を教えてもらうこと。やっぱりハワイは私にとって最高のパワースポットらしい。いつ行っても、すべてが上がるんだって。そして今年の1月の誕生日も、「東京で過ごすと～～ということになりやすかったけど、ハワイで過ごしたので回避された」とか言っていた。先の計画を立てるのに、いいね。

デパートで食材の買い物をして帰る。

ママさんがプリンスを抱っこしすぎて腱鞘《けんしょう》炎になったらしい……。

5月17日（木）

今日もまた夏のような日差し。幸せ。

最近、毎朝「引き寄せを体験する学校」を見るのが楽しみ。

今日は実家にプリンスを預けて、たまっていた雑用と仕事を順調にこなす。

「やることがたくさんあって大変、って言うの、やめなさい。あなた会うたびにそう言ってるわよ」

とママさんに言われる。その通りだな、と思う。

5月18日（金）

SNSのフェイクニュースについて。

「居酒屋に予約をした○○大学の教職員たちが集団で直前キャンセルしたために、その居酒屋が損害を被った」

とSNS上での投稿があった、だが、その投稿自体がフェイクで、その居酒屋も○○大学自体も実在しないものだった、という。

「フェイクニュースの恐ろしさ」なんてニュースで扱われていて、「恐ろしいことですよね」なんて言っていたけど、普段からそんな情報をあてにしていなければまったく怖くないよね。

よく思うのだけど、SNS上の情報は、よいことだけ拡散すればいいんじゃないかな。悪い情報って、たとえそれが事実だとしても、そうなるまでにどんな経緯と背景があって起こったのかわからない。あなただから被害になったのであって、他の人だったらそんなことにはならなかったかもしれないよ?ということもあるはず。あのお店にこんなことをされた、ということも、だからって、そのお店全体が悪いわけではない。そんな曖昧《あいまい》な情報をはじめから信用して、しかも拡散するなんて……人のことに首を突っ込みすぎ。暇としか思えない。なんのためにSNSを見ているのか、謎。

5月20日(日)

外に出ないとバチが当たりそうな気持ちのよい日曜。

プリンスに、今私が一番気に入っている紺のつなぎを着せる。それに、私の友達にもらったファーストシューズを履かせて散歩。手を繋ぐと歩けるようになった。カフェにブランチに行く。緑が本当に気持ちのいい季節。100枚くらい、写真を撮る。

ヨットの木材を夫が手配してくれた。ありがたい。下請けの土木会社さんと緊張して電話したのが数日前。

よくあることだけど、工場や現場の人たちって、よい意味でとても素朴なので妙に緊張する。変に遠回しに言うと伝わらなかったりするので「はっきりわかりやすく」と思いながら電話したのだ。ヨットの図面をファックスして、後日届いた見積もりは驚くほど安かった。運賃込みで想像の半分以下。

午後は、「100万人のクラシックライブ」に行って、夕方から引越しの準備。

今日のプリンス、寝る前の授乳後、急にひとりでニコニコと笑い出した。なんとなく、そこに成長を感じた。

5月21日（月）

なんだか今日はやる気が起きない。

「一日やる気が起きず」とウー&チーにラインしたら、「私なんて3日もそんな感じよー。好きなテレビの録画見て、好きなもの食べてる」と返信。それだけで気が晴れた。

テレビでロイヤルウェディングを見た。素敵だった、綺麗だった。様々な部分で、異例の、枠を外した運びがあったそうだけど、それを保守的なイギリス王室が受け入れたなんて進歩的。そもそも、女優と皇室が結婚した時点で保守的なものは崩れたね……（笑）。

5月22日（火）

すっきりと目が覚めて、楽しく家事をしていつものあそこへお参りに行く。

今日は、早朝にプリンスを実家に預けに行こうと思っていたら、夫が10時までなら家にいられる、と言うので夫に頼んだ。「僕もプリンスとゆっくり遊べてうれしい」とのこと。

今日はまた「気持ちがいい」を絵に描いたような日だ、ハワイみたい。何度言っても足りないくらいだ。ハワイみたい！

ご祈祷のときに丸をつける「お祈りの目的」が、いつもは大抵、心願成就と家内安全と商売繁盛が多いのだけど（ここでは3つ丸をつけるので）、今日はなぜか「奉感謝」という言葉に目がいったので、そこに丸をつけた。すると社務所の方が、「これは数に数えないので、もうひとつつけてください」と言われ、結果的に4つお願いできることになった。感謝をする気持ちになると、次がくるか……。

お参りをすませて外に出たら、先にすませて待っていてくれたウー&チーが光に照らされてキラキラしている。

「すっごく気持ちいいね」

「ハワイみたいだね」

楽しい気持ちでしゃべりっぱなしで移動。

ガラスを開け放った半分外の席で朝食を食べる。最近のいろいろを報告して、口が止まらずにしゃべり続ける。ああ、楽しかった。

そんな感じで一日がスタートしたので、午後もいろいろとはかどる。

その人の人生に起こることはプラスもマイナスも合わせると平坦になる……と思っている人はそうなるんじゃないかな。

5月23日（水）

昨晩珍しく何度も目が覚めたプリンスと一緒に、午前中は昼寝。

午後は、昼食を食べ終わって眠そうなプリンスと一緒に昼寝。

夕方、ようやく元気が出てきた。最近、エンジンのかかるのは大抵夕方から。

ママさんに電話。

「今日は一日中ゴロゴロしちゃった」

「ママも（笑）。おとといもそうだったのよ～」

「え？　私も（笑）」

それから引越し先のインテリアのことを話して楽しくなって切る。

そうだそうだ、やることはたくさんあるけれど、インテリアのことも同時にとりかかっていいんだった。私はやらなくてはいけないことがあると、別にそれに期限があるわけでもないのに、「先にそっちをすませてから楽しみなことを始めよう」と思う癖がたまにある。同時に進めていいのにね。

5月24日（木）

早朝、「引き寄せを体験する学校」にきているコメントを読んで、皆さまの体験談のシェアに感心する。「投稿（登校）します」なんて書いているのも面白い。

今日も爽やかになりそうな日差し。

早朝、プリンスをママさんに預け、早く帰ってやるべきことを！と急いで歩いているときに、もう開いているカフェに目がとまった。

アイスコーヒーを飲んだ。


息子が生まれて1年経って、やっと本当の意味で体が戻ったような気がする。

以前、医療の専門家か誰かが、子供を出産するというのは女性の体にとって「交通事故にあうくらいのもの」と言っていたけど、そうだろうな、と思う。それくらいの衝撃、変化。そこに生命のつながりという神秘的な目的があるから、最高に美しく気高く素晴らしいものとして表現されるけれど、女性の体としてはそのくらいの衝撃だ。妊娠出産は最高の浄化、デトックスという部分もたしかにあるけれど、それはたとえば病気をしたことによって本来の弱い部分の流れが改善されたり、それをきっかけに生活が見直されたり、というようなこととも似ているんじゃないかな。

ちょっと話がそれるけど、その物事の本質を見ずに、形だけで異常に美化されていることや、逆にそれだけでよくないとされているものってあるよね、世の中には……。

たとえばボランティア活動に参加している人は「きっといい人だろう」とか、母子家庭は子供に悪影響が出るからよくないとか、そんな一概にどうしてわかるんだろう。

無理に理由を後付けしているだけで、本人の質だよ……とか思いながら、アイスコーヒーを飲む。

今週末から忙しい。それを思って気持ちを高めていたら友達からライン。

「そろそろ、時間できた?」

「え?(笑)。今週末から10日間くらいがマックス。ちょうど今、その準備をしていたところ」

「こんな早くから仕事?」

「考えて気持ちを高めていたってこと」

「なるほどね」

こうやって文章にすると、ラインってまったく電話と同じ。

5月26日(土)

今日も快晴。暑いほど。

サイン会の会場であるたまプラーザの「有隣堂」へ。首都高と東名を使って20分で着いた。たまプラーザって、細かく作られた面白い作りの町。やはり都心よりも緑が豊富。

はじめに20分のミニトークをしてからサイン会開始。事前整理券の購入が必要だったにも関わらず、全国から集まってくださってありがたい。聞いた中で一番遠かったのは北海道。

『あなたは絶対!運がいい』の1から3までの流れや当時のエピソード、最近思っていること、そしてちょっとプライベートな話もする。

いつもそうだけど、「本当に辛かったときに本を読んで救われた」「人生が変わった」というような話を聞くたびに、「それはご自身の力です」と思う。ご自身の中に眠っていた引き出しが開いただけ。

終わって、「なんか読者のみなさん、すごくいい人ですね」と有隣堂の人たちに言われる。私もそう思う。私はそんないい人でもないから、いつも感心する。どれを思い出してもジーンとする。

帰り、あまりにお腹が空いていたので、車の中で持ってきていたチョコレートをパクパクッと食べながら運転。

夫に今日のことを話しながら、皆さまからのプレゼントを開けて手紙を読むのが至福の時間。プレゼントの紙袋に「帆帆子さんの好きなところ」というのが手書きされているのがあった。

「お昼寝するところ」

「辛気臭くないところ↑大事」

「安定したポニーテール」

など、独自目線で面白い。お昼寝かぁ……考えてみると、あの頃は時間があったんだなあ。子供が生まれてから、お昼寝なんて……憧れ。軽井沢でようやくできた。

5月27日（日）

今日は「ホホトモ東京ツアー」。

午前10時に東京駅に集合。バスで「豊川稲荷」に行き正式参拝、その後各自で境内の散策。なにしろあそこは目的別にお社《やしろ》がたくさんあるからね。ランチを食べてから、午後は増上寺と芝東照宮。夜は「うかい亭」。

今回思ったのは、ホホトモさんたちのレベルがぐんぐん上がってきている、ということ。なんて言い方は上から目線だけれど、長年のあいだに物事のよい面を捉え、自分の感じ方を大事に正直にしながら、無理のない生き方をしている波動のよい人たちが増えたので、一生懸命説明をする時間というのが前より減った気がする。「それ、今まさに言おうと思っていたこと」ということを代わりに伝えてくれるホホトモさんも増えて、話が早いということも多かった。

そしてみんな、根本的に優しい人が多い。

ランチのときに、どちらかと言えば自分から積極的に話す人ではない、ツアー初参加の女性が、明るくてエネルギッシュな会員歴の長いホホトモさんたちのテーブルに座った。よくあることだけれど、グループの中でひとりだけ違う人、ひとりだけはじめて参加する人、ひとりだけ〜〜な人、というのは、そのグループ内で話の主役になることは少ない……当然だ。でもそのテーブルでは、その「あまり話さない彼女」が主役になっていた。それは、にぎやかなまわりのホホトモさんたちが、その明るい笑いのエネルギーにブワッと彼女を包み込み、いつの間にか彼女の抱えていた悩みを聞き出して、あっという間に解決の糸口を見つけてあげたから。

いろんな会話があったあとに、「ね？　楽しいでしょ？　こういうエネルギーで動けばいいんだよ。こういう気持ちになることだけやっていけばいいんだよ」と彼女に話しかけていて、感動した。これだけでホホトモを作った甲斐があったというもの。

もうひとつ思ったのは、宇宙にオーダーするときに、もっと単純でわかりやすい言い方でよい（まわりくどい言い方をしている人が多い）ということ。

たとえば、会社で人間関係の悩みを抱えている人が、諸悪の根源である社員のことをなんとかしようと、その方法やその人との向き合い方を宇宙にオーダーしようとしていたけど、その人の本当の望みは「その人からいっさい被害に遭わない、その人に嫌な思いをさせられない」ということのはず。正直に言えば、その人へ向き合い方、ではなく、こちらに被害がありませんように、だよね。その方法や経緯は宇宙におまかせでいいので、とにかく、最終の一番望んでいる気持ち、状況を伝えればいい、ということ。

他にも、皆さまが報告してくださった「あの話がこんな展開になりました！」という話は今回もすごかった。普通に聞くと、「え？　そんなこと、起こり得る？」というようなことが起こっている。

みんな、素直に願って、あとは日常生活で心配せず、物事を心地よいほうへ、ワクワクするほうへ、気持ちが楽になるほうへ捉えていっただけ。ただそれだけで、人生は本当に自分の望むほうへ流れていくんだよね。

ああああ、エネルギー満タン。なんか最近、私、ホホトモさんに癒されてる。

5月28日（月）

今日は引越し。

新居に2箇所から荷物を運び入れるので、大騒ぎ。

でも、無事、終了。今は……寝たい。

そうそう、なんとプリンスが、新しい部屋に入った途端、ひとりで歩き始めた。リビングを突っ切って端から端までドタドタと。興奮を体で表している。

うれしい！　けど……お願い、寝て。

5月29日（火）
今日も忙しい。朝食を作りながら、一日の予定を考えて身震いする。全部終わらせるとしたら、最後の作業は明け方になるんじゃないかな……。

それらをどの順番で進めるかジーッと目を瞑って考えていたら、「なに？　この忙しいときに、瞑想？」と夫に言われる。

今週末に身内が来るから、それまでにリビングだけはなんとかしたいのだけど、絨毯《じゅうたん》が入らないと家具も置けない。玄関から廊下、リビング全体の床が大理石なので、プリンスのために絨毯を敷き詰める予定なのだけど、いろいろあってそれは明後日。家具を中央に寄せている。

その中で仕事。オフィスに行く時間ももったいない。

5月30日（水）

片付けに追われる日々。手足に切り傷、痣《あざ》、多数。

毎日、プリンスよりぐっすりと寝ている自信あり。


でも、広い空っぽの場所に端からモノを入れていくのは楽しい。

今日は衣装部屋に洋服を入れた。

午後は、寝室の片付け。ベッドの位置が、まだ決まらない。あっちでもない、こっちも違う、意外と正面？　それじゃあ、窓が潰れちゃうよね、でもドアを開けたときの正面にクッションをたくさん置いたデコレーションができるからカラフルで楽しいかも？……などひとりでつぶやきながらウロウロ。
こんなことやっていると2、3時間はあっという間。

5月31日（木）

毎日、いろんな所からいろんなものが届く。

リサイクルショップで見つけた椅子6脚、今週末のプリンスの誕生日用バルーンデコレーション、部屋のヨットのオブジェに使う材木、新しい冷蔵庫、他にもいくつか……。

材木の配送のときには笑った。工事現場に資材を運ぶようなものすごく大きなトラックが

到着して、業者さんがドヤドヤと降りてきて一言、

「え？……個人宅なんですか？　現場かと思いました……」

と言われた。想像よりひとつひとつのブロックがずっと大きい。確かにサイズ通りなのだけど、実物はすごい大きさ。「私……なんか間違ったことやったか」と思ったほど（笑）。とりあえず玄関から続く廊下に積んでもらって、組み立てるのはまたいつか、元気のあるときに。

絨毯を敷き詰めてもらった。これでプリンスが転んでも怖くない。


片付けの合間にテレビをつけたら、政府の〇〇問題だとか、大学のアメフト問題とか、最近そういう話、多い。勘違いしたお偉方たちって、「本音を大事に、常に心が居心地よくなるほう、ホッとするほうへ捉えていく」なんてことと真逆の生き方をしているんだろうな、としみじみ思う。

思惑、打算、しがらみ、比較、仕返し、などが渦巻いている世界……。ああでもそれが好きで、自分が選んでそこに行ったんだよね。多くの人たちが、「いずれ消えていく業界」をいくつか指摘しているけれど、政界もその中に入っている。今の状態とまったく違うものに生まれ変わらない限り、存続不可能。


さ、片付けの続き。

私、前世、大工さんだったんじゃないかな。この類のことに関しての力仕事が全然苦にならない。むしろ、やりたいくらい。


新しい部屋からの眺めは最高だ。景色が抜けているって、いいね。ここは高台の低層階エリアの最上階。向かい側は大使館なので窓や人が少ないのも気に入っている。

朝の光が清々《すがすが》しい。

「また5月ってのもいいよね」

「だからプリンスが生まれたんだよ」

と、この会話のあとに必ず出てくるセリフを、また今日も夫が言う。

6月1日（金）

引越し前にさんざん迷って捨てなかったモノが、新しい場所に移ったら急に捨てたくなったのはなぜだろう？　だったら移る前に捨てていれば荷物が減ったのに。でもあのときは捨てたくなかったのだ。エネルギーのよい環境に移ると断捨離もスムーズになる気がする。プリンスだって、ここに来た途端歩き出したのは気がよいからだよね、きっと。

午前中はプリンスの部屋を整えた。タンスに、ママさんが作った動物の柄の取っ手をつける。今日からプリンスは子供部屋で寝る予定。

夕方、明日の買い物に表参道へ。「クリストフル」で友人の結婚のお祝いも買う。

6月2日（土）

プリンスの初節句のお祝いと、1歳の誕生日と引越し祝いをまとめてするために身内が集まる。

ケーキは2種類。ひとつは、小麦や卵などを使用していない乳幼児も食べられるケーキ。もうひとつは定番の「cake.jp」で頼んだ、プレゼントの形をしたデザイン重視のケーキ。ちらし寿司と、ミモザサラダとローストビーフを作って、あとはお寿司屋さんの茶巾弁当。バルーンデコレーションをして、食事を並べる。

誰かが来るたびに、「あ!?」という顔をして廊下に走っていくプリンス。たくさんプレゼントをいただいて、みんなの目が自分に向けられ、自分が主役ということを理解している様子だった。

弟夫妻からアルマーニのTシャツとサングラスをもらう。サングラス！　今どきの子にとっては必須アイテムになるかもしれないんだって。プリンスは頭が大きいので、すでにサイズがギリギリ……、ツルが広がりそう（笑）。

「あれはなんなの？」とリビングの隅に積まれている材木の一山を見て、みんなが聞く。

「あ、あれね……あれはヨットなの……まだ仕上がってないんだけどね、また完成したら見に来てね、へへへ」

ヨットに決まるまでのいろいろをママさんが張り切って説明し出し、「あなたも好きなことやってるねぇ」とパパさんに言われる。

夫のお母様は相変わらず穏やかで、でもマイペースにとても面白く、私のパパさんは相変わらず人の話を聞かずに自分の話ばかりしていて、弟夫妻もそれぞれに自分の世界……みんなに共通しているのは「マイペース」だな、と見回して思う。

Cake.jpで頼んだデザイン重視のケーキ、毒々しい水色だったけど、意外と美味しくて大人に人気だった。シンプルなバタークリーム味。

片付けは、弟の奥さんがかなり手伝ってくれた。ありがたい。おかげでゆっくりとケーキを食べる。

6月3日（日）

毎日の片付け作業で手がパンパンになってきた。

寝室の家具の配置、あれから4回はやり直した。一度決めてからやっぱり気に入らず、夜中に夫を起こして移動してもらったりして……私、ホント、迷惑。でも、人がいるときじゃないと動かせないし。

リビングは当分広々と使いたいので、ソファとテレビとダイニングテーブル以外は、あのヨットのみにしたい。壁にはたくさん絵をかけようと思うので、実家とこっちを行ったり来たりして、どんな系統の絵にするか相談中。何しろヨットが目立つので、クラシックで重厚な絵は合わないのだ。あ、待てよ!? ヨットをすごくシックでシャビーな大人の色合いに塗るのもありだよね……。その場合は、絵の系統を……と考え出すとこれまた2、3時間はあっという間。

さて今日は、根津美術館で真葛《まくず》焼の宮川家が開くお茶会に招待されている。慌ただしく着物を着て、出発。

根津美術館は新緑が綺麗だった。そして根津美術館の奥がこんなに広いことをはじめて知った。奥深い。池には亀……ほほ〜。

はじめに宮川真一さんとご友人の茶人、松村亮太郎さんの茶席に入らせていただく。現代美術も用いた新しい試みの茶席、と説明してくださっていた通り、至るところにユーモアのある取り合わせだった。当代の宮川香齋氏（真一さんのお父様）と真一さんの合作である花入の青色が、深々と実に素敵だった。そこに生けられているのは、前日の真一さんの披露宴で奥様がブーケにしていたカラーだって。真一さんの好きな、パンの形の香合も使われている。これ、私も以前の展示会で買った……家でもこんなふうに置いてみようと思う。

外の緑を切り取った窓枠が絵のよう。

続けて「弘仁亭」に移動して、お父様の茶席に入らせていただく。

それにしても、お茶会の、この独特の言葉の掛け合い。本日のお道具や掛け軸の取り合わせをうかがう様子、拝見するものが自分の所にまわってくるたびに、こちらにもあちらにもお辞儀をする所作など、夫はおかしくてしょうがない様子。とにかく「手をついて、お辞儀」というのを、帰ってから何度もやっていた。腰をくねらせて。

帰りに、「100万人のクラシックライブ」に行く。今日はコバケンさん（小林研一郎さん）。語りも含めて、期待通りの素晴らしさ。相変わらず変人！　私の好きな。「コバケンとその仲間たちオーケストラ」のメンバーである、ヴァイオリンの瀬崎明日香さんと、ソプラノの生野やよいさんがまた最高で、終わってから急いで着替えに戻り、打ち上げに行くことにした。

瀬崎さんは、ヴァイオリンでの表現力は言うに及ばず、言葉の使い方にも感動させられた。とても丁寧になにかを紡いでいる感じ。音も、ひとつひとつの音がポロポロと丁寧に聞こえる。正直、ヴァイオリンで感動したのは五嶋みどりさんの演奏を少人数で聴かせていただいたとき以来、はじめて。

そして生野やよいさんは、夫いわく、「お酒を飲んで語り合いたいね」というような豪快さがあってとてもよかった。宝徳山稲荷大社の話になって、生野さんが、なんとかしたいあることを抱えている状況だったので、「行くといいよ」とあっという間に、そこにいたメンバーで行く日にちが決まっていた。

6月6日（水）

忙しいスケジュールがやっと、やっと少し落ち着いた。

朝起きたら、リビングにハワイアンがかかっていた、いいねえ。

この眺めの向こうに海が見えそう。

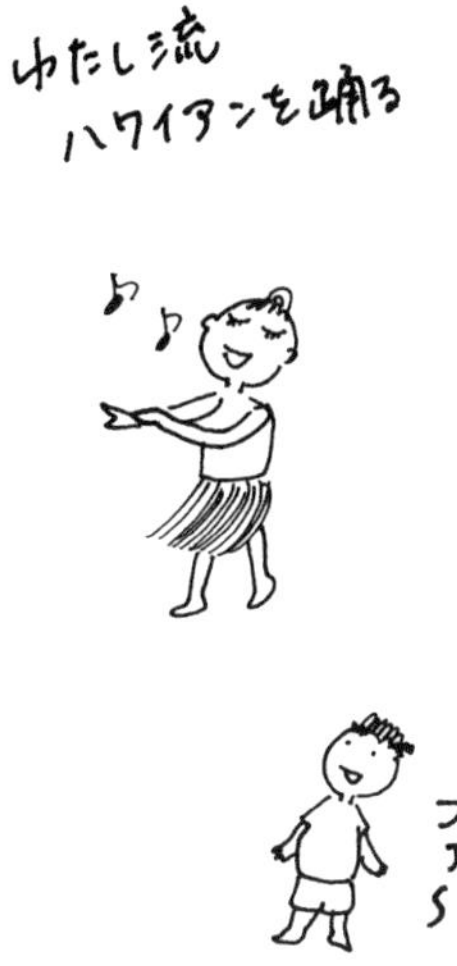

収納棚の一部で、芸術的にものが納まった一角がある。テトリスのようにみっちりとつまっていながら、色合いといい、使いやすさといい、格好よさといい、パーフェクトだ。扉を開けると超宇宙が広がる。この棚は、扉を開けるといつもこの気持ちになるように整理しよう。

10日ぶりくらいにアメブロを更新する。

6月7日（木）

私はやることがいっぱいになると焦ってワサワサするタイプなので、ワサワサする必要はない、と自分に言い聞かせている。大抵、思っていたより早く終わるから。

午前中、大事な用事で銀行へ行かなくてはならず、朝からその準備に追われる。オフィスで必要な書類をプリントアウトしたり、持ち物を確認したりしているうちに、もうプリンスを実家に預けに行く時間だ。

おまけに、オフィスにあると思っていた私のスマホの充電器が見当たらず、もうすぐ充電がなくなりそう。自宅の充電器は夫が出張先に持って行ったらしくてないし、今日は午後も大事な用事で出かけなくてはならないので、実家の充電器を今日一日貸してもらおう、とか思いながら、慌てふためいてママさんに電話。

「私の携帯の充電器が見当たらないの！」

と第一声に言ったら、向こうも忙しかったらしく、

「見当たるわよ！」

と言われて、３秒で切れた。

はあ……外はすごい日差し。梅雨入りしたそうなのに太陽がギラギラしている。素足にハイヒールで歩き出したら５分で靴擦れが起こり……。そうか、これからはプリンスと一緒に歩くことが多くなるので、歩きやすい靴を用意しなければいけないんだね、と思う。こんな、ヒールじゃなくてね。

ママさんにプリンスを預け、コンビニでバンドエイドを買って足に貼り、銀行で用事をすませる。「時間がかかることがある」と聞いていたけれど、担当の人が丁寧に教えてくださ

ったのですぐに終わる。タクシーに乗って帰り着く。

掃除機をかけて洗濯をして、午後、大事な会議へ、ある人の代理で出席。

タクシーが10分以上つかまらなくて時間ギリギリに。今日は女性が他にいないだろうし、内容的にものすごくシリアスで固い集まりなので絶対に遅れたくないとタクシーの中で神に祈る。ドラえもんの「時間を止めることができる道具はこういう時に必要なのよ……」とか思いながら。

信号で停まるたびにやきもきしていたところへ、まったく別の件で友達から「全然大丈夫だよ」というラインがきた。別のことへの返信だったけど、それを見て、ああ大丈夫なんだ、と思った。

そして、本当に大丈夫だった。開始2分前に着いたら、まだ数名しか来ていなかった。私に続いて30名ほどが部屋に入る。やはり、女性は私だけ。

その会の性質上、皆さまから罵声や怒号でも飛ぶかと思っていたら、まったく。それよりも、今後の体制の立て直しと展望への質問や意見が多く出た。さすが、皆さま、大きい。と言うか、罵声など浴びせている時間がもったいないんだろうな。

終わって、その会議に出席していた夫の友人と、ビルの1階で意外な話になり、思わぬ話を聞いた。今日はこれを聞くために私が来ることになったんだな、と思うほどのこと。そこへ、今の会議の主役も降りて来たので、ちょっと話す。深々と頭を下げていたけれど、まさに、今後に期待だ。

夜、夫に今日の会議の話をする。

「今日はやっぱり帆帆ちゃんが行く意味、あったね」

「ほんとほんと。はじめはなんでこの忙しいときに私が！なんて思ったのにね」

6月8日（金）

毎朝「引き寄せを体験する学校」に私も投稿（登校）しているけれど、そこでの体験投稿の中に、また奇跡と感じられるようなものがあった。その悩みを学校内に投稿して、まだ1ヶ月くらいなのに！

本当によかったね。変化のきっかけは、とにかくそれを考えてモヤッとしてきたら、すぐに楽しいことへ意識を向ける、そこから考えをそらす、をし続けたこと。やっぱりそれ。それをどれだけ徹底できるかだよね。


ハワイアンを聴きながら、オレンジジュースを飲む。

リビングからの景色がこんなに好きになるとは思わなかった。

プリンスは、引き出しに手を挟んだり、足の上に何かがのって痛いのに、大人が誰も気づいてくれないときなど、目を見開き、口をすぼめて上を向き、「お、お、お」と言う。

6月9日（土）

最近の私は、非常にイライラしている。やることが多すぎるせいだ。自宅のインテリアとサロンのプチ改装もちっとも進まないし。亀の歩み。

気分転換でもしようと、早朝にカフェへ。今日は夫が軽井沢なので、ママさんを誘う。先に着いてプリンスに食事をあげていたら、とても意外な人に声をかけられた。

「帆帆子さん!?」

「わ、お久しぶり！」

ということで新しいラインを交換。あ、でも意外じゃない。最近よく考えていたから。

お、おお…
「オイ！オレの足に乗ってるぞ！」とでも言いたげ

プリンスは外に出ると、自分で歩きたくてウズウズ。私の手を振りほどき、ズンズンとどこまでも進んでいく。

もうひとつの最近の私は、いろんな世界のいろんなコミュニティの人たちに触れて、私はこれから一体どうしたいのかを模索中。

自分が絶対的に憧れている世界とか、属したいコミュニティとか、そういうのがある人は楽だよね。そこを目指せばいい。そこにはそれなりの迷いや限界があると思うけれど、とりあえずモデルになるものや集団があるのは楽だ。

イライラ、モヤモヤしていると、考えは限りなく暗いところへ落ちていく。自信を喪失させられる人たちの集まりを思い出したり、どうせ私は……とか、挽回不可能……とか、そんなことしてもどうしようもない……とか、どんどんと……。

6月11日（月）

ママさんの腱鞘炎はまだ治らないらしい。結構長引いている。でも「もう治ったということにするわ」と言っている。

さて、毎週月曜は「まぐまぐ」を配信する日だ。毎週4000字近く書いていて（字数は自由）、始めた頃は「毎週って大変」なんて思っていたけど、いつの間にか、自分の心を吐露するのにちょうどいい媒体になっている。丁寧にじっくりと書けるのがいい。

共同通信の原稿もそうだけど、私はいつも締切り当日にならないと書くことが出てこないから、そのときに書きたいと思うことが一番タイムリーでいいのだと思う。そうそう、このあいだ「原稿をいつ書きますか」という一日のタイムスケジュール的なことを聞かれたんだけど、「気が向いたとき」が一番書けるときだなと思った。

きのうのプリンスは寝つきが悪く、8時に寝てから10時に起きたのでもう一度寝かしつけ、次は11時に起き、最後は1時に起きた。真夜中にますます元気いっぱいになっているので、子供部屋の床にマットレスを敷いて一緒に横になる。そろそろ寝たかと薄目を開けたら、暗闇の中に座って絵本を広げていた。

フ〜ッとスタンドをつけて、「桃太郎」を2回読む。

そういうわけで今朝は眠いはずなのに、明け方、気持ちよく目が覚めた。

「言霊に気をつけよう」

「新しい自分になるためには古いエネルギーのものを整理したほうがいい」

という言葉が降ってきた。いや、浮かんだだけね。

毎朝、「引き寄せを体験する学校」のためにカードを引いている。今朝は「タイミングのよさをもっと喜ぼう」だった。その通り！　この部屋に引越せたことをもっと喜ばなくちゃ！　初心を忘れるな！

サロンと自宅をバタバタと移動して、仕事。

『わかった！運がよくなるコツ』が9年ぶりに増刷されるらしい。9年ぶりって……（笑）。これで43刷だって。へ〜、それはうれしいね。10年以上前の本だけど内容は大丈夫だろうかと思っていたら、それよりも「浅見さんの写真を変更します」と担当編集者からのメールに書いてあった……だよね。


今、夜。プリンスを寝かしつけながら「私たちは、自分の思うものになんでもなれるな」とふと思った。逆に言うと、自分は自分が定義しているものにしかならないし、なれない。では、どんなふうに定義したいか……それがないんだよね……。

次は何をやりたいのかな、とジーッと考えてみている。

大きくは「秘密の宝箱」計画として今も続行中だけど、それは「形」なので、もっとこう……暮らしというか、精神的な部分の「いつもこうでありたい、こうなりたい」というものを定義したい。と思いながらジーッと考えていたら、ちょっと見えてきた。精神的に目指したいもの。精神的なものが満たされていなければ、形だけ追っても満足度は低い。精神的なことが満たされた上での「秘密の宝箱」計画だ。

精神的に目指す「それ」が見えてくると、これもしよう、あれもしようと活性化してくる。モヤモヤから70％くらい脱出した。

6月12日（火）

午前中、オフィスで仕事。

自宅に戻り、3時からの打ち合わせ（ネット会議）の準備をしていたら、ネット会議ではなく人が来る直接の会議だったことをラインで知り、「オゥ！」……と、大急ぎで再びオフィスへ。今日に限って事前に連絡をくれて助かった。

ヨットはまだ積まれたままだ。ブロックを貼り合わせるための大量のボンドや、ペンキ塗りのための養生セットを注文したりなど、下準備に時間がかかっている。色も、まだ考え中。

精神的な安定と
同じ量（大きさ）だけ、
形としての未来に向かえる
（目標？）

11月のセドナツアーへの現地準備が着々と進んでいる。行きたいところには全部行けそう。そのことを思うとワクワクしてきて……あ、まだ5ヶ月も先か……と思い出す。

6月13日（水）

梅雨入りらしからぬ、今日も爽やかな朝。ハワイアンをかける。

プリンスは、テレビの言葉など、日本語より英語のほうに反応する。生まれたときからずっと、ディズニーのワールドドイングリッシュを聞かせていたからだろうか。

DVDの整理をしていたら「小公女セーラ」が出てきたのでチラ見。小学生の頃に見ていた、日曜夜7時半からの「ハウス食品の世界名作シリーズ」。今見ても、結構ハマる。

6月14日（木）

今朝、この10日ほどのイライラした状態から脱出、完全に切り替わった。

数年後に私がなりたいものへ向けて、はっきりと意識を切り替えよう。なりたいものになると決めよう、と思ったら、生まれ変わったかのようだ。

「なりたいもの」……私はもっとすごいことを考えてよかったんだな。意外と遠慮してた。

「すごいこと」というのは、一般的な意味ではなく、私自身が思っていたよりもすごいこと、という意味。自分の中の枠の問題。

「それ」を思うとワクワクする、というのは、「そっちに進むと私の視野が広がり、私自身が幸せになる」ということだ。新しいことを望む過程には、自分の視野が広がったり、物事への捉え方を工夫したりすることが必ず起きてくる。ワクワクすることに向かうというのは、自分が成長する、ということだと思う。

6月16日（土）

ママさんの腱鞘炎が治ったらしい。このあいだ「治った」と宣言したからだね。それまでは、「だんだんよくなっているわ」と言いながら、「でもまだ芯《しん》は痛いのよね」とか「ここで油断しないようにしないと」など、ベースに痛みを持っているスタンスだったんだけど、もう完全に「治った」と思うことにしたんだって。

今日はホホトモサロン。もうすぐホホトモサロンだ、と思うと、数日前からとても楽しみ。どんな話になるか、何を着ようか、など、まるで遠足。

「何事もなく過ぎた一日というのは当たり前ではない……と感じさせられることがあって……」という話を聞いて、ほんと、もっと感謝しようと思った。

それから、「帆帆子さんってお料理がすごく上手なんだと思っていて……」と言われ、しかも日記本（「毎日、ふと思う」）を読んで？そう思ったことがあるらしく、呆然とする。これのどこにその要素が……。

ダイジョーブタの絵が印刷されたチロルチョコをいただく。可愛い……これはあのときのイラストだ、これはあの本の、とか見ていると、もったいなくて食べられない。

6月17日（日）

毎日、自分の一番気が向くことから始めるのは、全体の流れをよくするコツだと思う。

リビングの壁にかける絵、このヨットに合う大きなサイズ……と考えると、結局ママさんが描くのが一番いい、ということになった。ケンドーンの大きなハワイの絵が実家にあったのだけど、それでもまだ小さいので。

ベニヤ板を3枚貼り合わせて、2枚半の大きさのところでのこぎりで切る。

こんな大きなのがどんな感じになるのだろう、と思っているんだけど、アーティストなママさんの中では完全にイメージができあがっているそう。

今日のうれしかったこと。「今日はデザートが何もないな」と思っていたら、友人から大量にさくらんぼが届いたこと。

6月18日（月）

毎日あまりに忙しくて、数日前のことを覚えていない、どころか、2日前くらいもあぶない。きのうの夕食も思い出せないときがあるくらい。なので、思い立ったことはすぐに行動に移すようにしている。とにかくすぐ！すぐ！

迷っているときは絶対に決めてはダメだな、と再確認することがあった。

この1ヶ月くらい迷っていたことがあったのだけど、今日、すっきりとその答えが出た。はじめに自分の答えがわからなくても、「必ず答えがくる」と思っていればくるので、それまで焦らず待つことだな。人から勧められただけで決めてはいけない。それがどんなに信頼できる人からのオススメであっても。自分の中で「これがいいんじゃないかな」という気持ちがある上で、人からのオススメがあるのはよいけれど、自分の中で答えが出ていないのに、オススメだけで動くのは絶対にダメ。

なので私はいつも、迷っているときに宇宙にこうオーダーする。「私がスッキリする答えを私にわかりやすく見せてください」。

同じような状況になったら、これを思い出そう。絶対に答えがくるから、焦る必要はまったくなし、というところ。

そうそう、ママさんの腱鞘炎が突然治ったときも、直前にサインがあったんだって。まだ痛かった頃、タクシーの運転手さんと話しているときに、「今、腕を痛めていて」と言ったら、「もう治ると思いますよ」と突然言われてびっくりしたらしい。でもそれが答え（サイン）だと感じて、ますます「そうだ、もう治った」と思うことにしたらしい。

大阪で地震があった。
一日も早く、皆さまが心穏やかな日常を取り戻すことができますようにと祈る。

6月19日（火）

人のことはわからない。どんなに想像しても、しょせん自分の価値観のフィルターがかかっているし。なので人の話を聞くときは、事実プラス、それで相手がどう思ってどう感じているのかをじっくり聞くことが大事になる。

だから起きた事実だけが伝わってくる噂話なんて、なんの意味もない。事実だけならまだいいけど、大抵、その人の感想が尾ひれをつけてついているし。

だから人のことに首を突っ込むのはやめよう。多くのトラブルは、人の世界に勝手に踏み込んだから起きている。だいたいみんな、必要以上に相手の言動に傷つきすぎ。相手が自分の思ったような反応を返してこなくても、その人はその人の自由に振る舞う権利があるんだから。人からの言葉や言動を気にしすぎ。そういうふうに捉える人もいるんだね、以上、終わりでいい。人は人、自分は自分だ。

今朝は、時間をかけて本格的なフレンチトーストを作る。メイプルシロップとバターで。食べるのはあっという間。

軽井沢からどうしても持ってきたいものがあって（結構大きなもの）、運送屋さんに頼むと10日ほど先になるそうなので、「それでは遅い！」と自分たちで大型のバンを借りて、東京と軽井沢を往復することになった。

そうとなったら急に楽しくなった。ついでに東京から軽井沢に持っていきたいものも運んでしまおうということで、さっき私の弟が来て、運び出しを手伝ってくれた。

「どうもーーーー」とやって来て黙々と積み込み、「じゃあなーーー」と爽やかに去っていった弟。お土産にメロンを持たせようとしたら、「今から仕事なんですけど」と言うので、別のときに渡そう。

夫との思わぬドライブへ出発。晴れていて涼しく、みどりがキラキラ、道も空いている。あっという間に着いて、お目当てのものを車にのせ、他にもあれこれ積み込んで帰りにツルヤへ行く。ツルヤの何周年かで謝恩セールというのをやっていた。「鶴の恩返し」だって。

超特急で東京に戻り、夫は大急ぎで着替えてアメリカ大使館へ。独立記念日をお祝いする会で、「ハガティ大使のスピーチにギリギリセーッフ！」とかいうラインがきた。そんなにギリギリなら、ツルヤにあんなにいなくてもよかったのに。

「知られていないだけで、日本人にも素晴らしい人がたくさんいるわね」とママさんが言う。

第一次大戦のあと、日本に連れてこられたドイツ人捕虜たちを、「捕虜も人間だ」として人間的扱いをするように軍を説得した日本人がいた。そのドイツ人捕虜たちが無事に本国に帰国したときに、その日本人に向けて合唱したのが第九の「歓喜の歌」で、それが日本に第九が広まった始まりらしい。
そうなんだ～、知らなかったぁ。第九って、聞いているうちに本当に喜びがあふれてきて鳥肌が立つよね。そうかぁ、そういうエネルギー背景があったか……、納得。
帆「アメージンググレースも奴隷解放の歌だしね」
マ「やっぱり、そういう世の中をよくするための活動、アミ（『アミ小さな宇宙人』の本）的に言うと、愛の度数を上げるような活動をしているときは、そういうものが自然と生まれちゃうんでしょうね」
帆「自然とそういうものが生まれて、自然と後世に残ってね」

夜、サッカーワールドカップのコロンビア戦を見る。

6月20日（水）

きのうはあまりに疲れていて、プリンスと一緒にサッカーの途中で寝ちゃった。

1－1のあと、しばらくして、「やった～」とガッツポーズをしている夫の姿が見えたけど、夫はリビングだったから……夢かも……。

朝起きて、「サッカー、どうだった?」と聞いたら、「ボクの予想通り、2－1で勝っちゃった」と言っている。あのガッツポーズ姿は、心の中で見たのかな。

そう言えば、きのうママさんが、全米オープンに出ている松山英樹選手のスコアを「次はパーで、次はバーディー」となんとなく当てていたら、「18ホール全部当たっちゃったのよ」と言っていたけど、彼の予想もこれに似ている気がした。当たるポイントは、深く考えずに適当に言うこと。パッと思ったものを採用すること。

ここから思ったことだけど、深く考えていないときのほうがいろいろなことがうまくいく気がする。実はそのときのほうが「集中」している気がするのだ。現代人にとっての「集中」って、意識を張り詰めて頭を抱えたり、根を詰めるようなイメージで捉えられていることが多いけれど、実はもっとボーッとリラックスしている状態なんじゃないかな。

さて、今日こそ、サロンの片付けとプチ改造を進めたい。

奥の部屋に、これまで自宅で使っていた机を入れて執務室のようにした。

なに、執務って……（笑）。

ウー&チーから引越し祝いに届いた「バルミューダトースター」を試してみたら、普通の食パンが本当に外はカリカリ中はもっちりになって驚いた。他にもリベイクモード、チーズトーストモード、クラシックモードなど、いろいろあるのでやってみよう。

6月22日（金）

今、見るとつい撮りたくなるのがプリンスの頭。天然パーマの渦に指を入れたくなる。きのうも彼が鉛筆を通していた。

リビングにかける波の絵が順調に進んでいる。まずは全体を白く塗って、そこに大小様々な青い波を描いているところ。一番はじめの一筆は、プリンスが描いた。白いキャンバスに大胆に。

その隣にかける予定の少し小さな絵は、プリンスが船の舳先に立って舵を切っている絵にした。こちらはママさんがひとりで描いている。

さっき、私の友人（60代男性）から、『あなたは絶対！運がいい3』がものすごくよかった、という電話がかかってきた。

具体的にここと あそこがよくて、あそこについて僕はこう思って、とアツク話してくれた。

そこは私も気に入っているところだったのでうれしい。「過去と現在と未来は、今ここに同時に存在している」という感覚が、これまで以上に腑《ふ》に落ちた部分。

その続きで「なにかを解決するときは、自分を楽しい状態の中にポンッと置いてあげると解決するよね」という話になった。

そうだよね。よい波動、高いエネルギー、気のよい場など、表現はなんでもいいけれど、自分を「ワクワク」に同調させてあげると、問題もそっちに同調するので解決策が出てくる。次元を上げた状態になると、それが問題ではなくなる、という感じだ。そのワクワクした波動の高い状態というのが「ボルテックス」と呼ばれているもの。高いエネルギーの渦《うず》だ。

この友人の場合は、とにかく楽器を弾いているときがそれで、楽器を弾いていると次々といいことが出てくるらしい。今日も、家に帰ったら夜中近くになるそうだけど、すぐに楽器を弾くんだって。そのことを思っただけでも楽しくなってくるって、その感じ、いいね。今の私にとって、自宅のインテリアを考えることは、それに値する。

というか、インテリアについて考えると、私の場合はいつでもボルテックスになる。その上がった状態で、すべてのことに臨むために、インテリアの洋書は至る所に置いてある。

6月23日（土）

「今日はいつもと違う所に朝ご飯を食べに行こう」と、夫と30分くらいかけて考えて、「よし、あそこにしよう」と盛り上がって準備をしていたのに、まずプリンスに朝食をあげてモタモタしているうちに「なんか、面倒にならない？（笑）」「なったなった（笑）」ということで、いつものカフェへ。

そこでまったりとくつろぐ。家に帰り、引き続き、まったりと過ごす。

一日中、そんな感じ。夜の9時すぎ、ようやく「やる気様」が降りてきた。

6月24日（日）
予報では晴れのはずなのに、起きたら雨。雨を見ながら3人でゴロゴロ。
来週の講演は衣装が赤なので、派手な生花（ハイビスカスみたいな）をつけたいと思っているんだけど、用意するのが難しいので、なにか派手なデコレーションないかなあ、と思っているときに、プリンスのカラフルなゴムのおもちゃが目に留まった。これだ。

ホホトモサロンの帰りに、友人のアートパフォーマンスの展示会に行く。その映像でのパフォーマンスがとてもよかった。大きな宇宙空間に包まれて、自分の好きなことを自由に追わなくては、と思った。もっと枠を外して自由になりたい。

ママさんにそれを話したら、きのうフジコヘミングのインタビューを見たとかで、その変人っぷりに憧れていた。わかる、あんな感じの自由さに、もっとなりたいよね。

エネルギーを充電するのって本当に大事だ。ホホトモサロンとあのパフォーマンスのおかげで、帰ってきてもワクワク。体力が余っている。

夜、今日は夫が久しぶりに家でご飯なので、美味しい生姜焼きを作る。

「美味しいー」のをいっちょ、ね。

6月26日（火）

ここに引越してから、プリンスが自分の部屋で寝るようになった。それはよかったのだけど、夜中に泣くと私がすっ飛んで行かなくてはならない。そういう意味では一緒に寝ていたほうが楽。母乳もあるし。朝まで起きないときは、早朝、トコトコと私たちの部屋に歩いてくる音が聞こえる。

そうそう、きのうのワールドカップの「日本対セネガル戦」、「次は引き分け」という夫の予想がまた当たった。「次はどう?」と聞いたら、「うーんまだわからない、浮かんだら言う」と言っている。

今日は暑い。ママさんと散歩に出たプリンスが10分ほどで汗だくになって戻ってきた。「大人のほうがバテちゃうわ」と。

午後、大量の食べ物と一緒に、ウー&チーが到着。新居のお祝いをするのだ。「ここ、エネルギーがいい!」と入ったなり叫んでいるふたり。窓を開け放ち、外に向かって大声でなんか言っている。

今日のメニューは、ちらし寿司、鶏肉のササミのピリ辛麺、生ハムとチーズ、パテとチーズのチャパタサンド、プルコギ入りフランスパン、サーモンのサラダ、ポキ、3種類のデニッシュ、モッツァレラとオリーブ、デザートに、メロン、さくらんぼ、巨大ベイクドチーズケーキ、ミントチョコ、焼き菓子など。

最近うれしいことがあったウーちゃんは、「数年後にこうなったら、次はこうしようね」と、続けて未来の希望を次々と話している。ウーちゃん曰く、「かなったときの楽しい気分のときに次を願うほうがかないやすいよ」とのこと、たしかにそうだよね。かなった波動になっているからね。

みんなの新しい望みがすでにかなったことを想像して、乾杯した。

夫からラインがきて、最後に、「今なにやってるのーー?」とあったので、「予祝。数年後に～～になるから、そのお祝い」と書いたら、「幸せだね～笑」ときた。「なに、その、なんかバカにした感じは」と思っていたら、その後すぐに「ボクも混ぜて」ときたので、「いいよ」と返信する。

6月27日（水）

きのう、8時頃にベッドに連れて行ったプリンス、10時すぎまで眠らなかった。私も腰を据えてゴロゴロする。

夜中から吹いていたザワッとした南国の風が、朝になっても残っていてますますハワイっぽい。幸せ。この気持ちのよいときにいろいろ発信しようと、様々な原稿を書く。

プリンスは機嫌よくひとり遊び。最近の好きなことは、椅子や段ボールをズンズン押して歩くこと。たまに、そこにすっぽりと座り込んだり。

今気になっていることはお風呂場のシャワーノズルの水圧が低いこと。他にも、リビングの調光パネルの蓋《ふた》が外れたりしているので管理会社に連絡する。そうそう、魚焼きグリルの網もない……。

6月29日（金）

サッカーのワールドカップ、日本が決勝トーナメントに進むことができてうれしい。きのうのポーランド戦も、夫の予想が当たった。おとといくらいまで、「引き分けかな」と言っていたのだけど、きのうになって、「負けの気配が強くなってきた、よくて引き分け。でも決勝には行けると思う」とか言い出してその通りになった。

帆「どういうときに思いつくの？」

夫「別に……他の人たちがサッカーの話で盛り上がっていたときにふと思っただけ、毎日ふと思うだよ（笑）。ボーッとしているときね」

帆「そっか、私ももっとボーッとしてみよう」

夫「このあいだ、言ってなかった？　朝、ボーッとしているときが一番いいことが浮かぶって。もう、やってそうだけど？（笑）」

帆「もっとだよ」

6月30日（土）

プリンスって、その場の波動を捉えることが上手なんじゃないかな、と思うことがたまにある。

今日も、「崖の上のポニョ」を見ていて、私の好きなシーン、ポニョが主人公の男の子の名前をつぶやいたら、急に拍手をした。前も、金正恩総書記とトランプ大統領が調印をしたとき、画面上では誰も拍手をしているシーンではないのに、拍手をしていたし。その場の雰囲気を感じとる。

質のよいもの、感性を刺激するものをもっと見せようかな、と思う。親バカか（笑）。

7月1日（日）

今日は名古屋講演で5時半に起きる。今日に限ってあまり眠れず、プリンスも夜中に起きた。少し頭も痛い。「もう今日に限って～」と、明け方うっすら思ったけど、「起きたらよくなるかも」と思って起きたら本当によくなった。

ウーバーのハイヤーで品川へ。これまでいつも東京駅を使っていたけど、「品川のほうが全然早いよ」の夫の一言ではじめて品川から乗る。

確かに品川のほうが早い。これまで4年近く東京駅から乗っていただなんて……。

新幹線の中では、意識的にボーッとした。ふと思いついて、今日会場に来てくれるというウーちゃんを、講演後の主催者たちとの食事会に誘う。

名古屋に着いて、主催団体「アクチュアルミー」の赤土さんと合流して会場に着き、リハーサルをする。今回も会場は再び「ウインクあいち」。大ホールが前より狭く感じる。全部入ると800人も入るのに。

「物販をしてくれる星野書店さんの人に挨拶に行きたいんだけど、もうお客さんが並んじゃってるかな」

「どうでしょうね、ちょっと見てきます」

と話しながら舞台から廊下への扉を開けたら、ちょうど向こうから星野書店の人が歩いてくるところだった。

講演自体は、これまでの中で一番……予定通りに理論的にきっちり話した感がある。なんか、最近の講演会、毎回同じような感想になっていて、私、ちょっと話し方が変わったかも。赤土さんの「つながるところが変わったっていう感じですか？」という言葉がぴったり。

30名様にサインをして、スタッフの方々にもサインをして、みんなで写真を撮る。今回も赤土さんのご主人がいろいろと細かいことをしてくださったようで、ありがたい。カメラマンとか、舞台上での作業など。

「引き寄せを体験する学校」の生徒さんもいらしていて、サイン会の抽選にも当たっていたので少し話ができた。

フェイスブックだと生徒さんの顔がわからないので、言われてはじめて気づく。他にも何人か生徒さんがいらしていたんだって。

終わって、打ち上げのレストランへ。

ミッドランドスクエアというタワーの42階にあった。外が見えるエレベーターでグググググーンと上がっていく途中の景色がすごく、「きゃあ」と、お上りさんのような声を出す私たち。

42階、東京ではよくあるのにどうしてこんなに高く感じるんだろうと思ったら、名古屋はまわりに高層ビルが少ないからだと判明。このビルが一番高いくらいだ。

赤土さんと司会をしてくださったKさんと、私とウーちゃんの4人。

ウーちゃんの食べ物の話で笑う。衣食住の中で「食」に異常な重きを置いているウーちゃん。よくある「グルメ（美食家）」ともまた違う、独特の食べ歩き人生。そんなウーちゃんなので、「食べ物」にかけて願いごとをすると必ずかなうのだ。たとえば、どこか特定の行きたい場所があるときに「あそこに行けますように」ではなくて、「その近くの○○を食べに行きたい」とすると、必ず行けるようになる、という具合。

「もっと枠を外していいんですね、そんな（小さな）ことでも願ってしまっていいんですね」

とつぶやいていた赤土さん。そうなんだよね。その人が本気で願っていれば、願いに大小はない。

品川に着いて、伊勢丹で夕食の買い物をして帰ろうと思ったけどヒールが痛くて歩けず、タクシーになだれ込む。

プリンスは、一日とてもおりこうさんだったみたい。

今日の夕食はデリバリーにしてもらう。頑張ったご褒美ということで、シャンパンを開ける。

赤土さんのご主人（建築家）が作っているという子供用の本格的なキッチンがすごく可愛い。シックで大人っぽいグレー。女の子だったら絶対に買ってあげたい。アメブロで紹介する。

7月2日（月）

梅雨が明けた、うれしい、うれしすぎる。

このあいだのフジコヘミングさんのインタビュー番組。家でも録画されていたので見た。言っていることが、120％私たち好み。

「学校なんて、全員が同じようなことを教えられるんだからつまらないに決まっている」とか、「そんな平面的で同じようなつまらない家じゃなくて、アンティーク品とか、そういう自分の好きな素晴らしいものに囲まれて住まなくちゃ意味がない」とか。

私は変人に憧れがあるんだと思う。枠がなく、自分の好きなことをどんどんして自由に生きている人たち。樹木希林さんもそう。

東京の比較的コンサバな環境に育ってきたので、そういうものから抜け出したいような欲求がある。かと言って、その環境のよいところもたくさん知っているし捨てるつもりはない、だから余計に真逆の変人に憧れるのだろう。

そして大抵、そういう枠のない人は芸術家だったりアーティストだったりするので、そういう人に自然と目が向くことになる。

今日もママさんがテレビで見たという「激レアさんを連れてきた。」という番組に魅力的な人がいたらしい。

主人公は男性で、昔からすごく風変わりで、手作りが大好きだった自分のお母さんに、自分がフランスに留学したときにあるコンクールに提出する絵を描かせたら、それが高い評価を受けてしまい、「VOGUE」にまで取り上げられ、すごい場所の絵を頼まれたりするようになった、という話。

そのお母さん、VOGUEの取材や表彰式があるからとパリに連れて行かれてもまったく媚《こ》びず、「こんな面倒なのは嫌だ」とか言って途中で会場を抜け出し、好きなように楽しんで帰国してしまうらしい。

もっと、枠なく自由に……なんて言うか、引越してから確実になにかが変わった。これまでと違う自分の未来にじっくり向き合って考える機会が多い。

まぁ、引越しってそういうことが起こるよね。住む場所が変わったのだから、エネルギーが変わって当然。

プリンスは、自分の椅子に自分で座れるようになった。前は、大人が座らせてあげるか、自分で座面によじ登ってから回転して正面を向く、という面倒な行程を踏んでいたのだけど、「後ろ向きのまま腰を落とせば座れるよ」という動作を私が何度もして見せたら、すぐに覚えてやり始めた。

うまくいくと自分で小さく拍手をしている。そして、その椅子を自分で窓際に運び、外を眺めている。

7月4日（水）

今日やっと、ヨットの土台部分のブロックをボンドで貼った。ブロックとブロックのあいだにたっぷりノリを流しこんでくっつけると、ヌルーンと動く。ひとつひとつはビクともしないのに。

私は子供が生まれてから自分の仕事や人生に対して意欲的になった。ますます「自分の好きなことをしよう」という気持ち、「自分の人生にワクワクする責任がある」と感じる。

「人生って楽しい、素晴らしい、世界は広いし、大人の世界は最高に面白い」ということを子供に見せるのが親の役割のひとつじゃないかな。そのためには親がそれを実感、実践していないと。

これって、このあいだファンクラブに寄せられた質問にあった、「仕事とプライベートの違いはなんですか？」の答えともかぶる。プライベートは本人の自由だけど、「仕事」はそれを通して「お金」という代価をいただく以上、「ワクワクする責任」がある。真摯《しんし》にワクワクして、そのエネルギーを通したものを社会に届ける責任がある。理不尽な我慢をして、苦しく、モヤモヤした状態で向き合うものではない。なぜなら、そこにたくさんの人が関わっているから。

もちろん社会に通用する人としてのルールを踏まえた上で、「人生を楽しんで味わう責任」、それが子供が生まれて今感じていること。

7月6日（金）

午前中、マンションの管理の人がいらしてシャワーノズルを交換してくださった。これで水圧も高くなって快適になった。キッチンのなくなっていた部品も届いたし、リビングの調光パネルの蓋の部分も壁にくっついた。

ついでにサロンのほうの電気も見てもらいたいことがあって、電気屋さんを紹介してもらおうと思ったら、調光パネルを直した人がそれもできるということで、その足で来てくれた。よかったーーー、連絡するのが面倒で、延ばし延ばしになっていたんだよね。

スッキリとして仕事再開。今日から「毎日、ふと思う⑰」の読み直し。

はじめにちょっと昼寝。

夜、夫が突然自宅で食べることになったので、大急ぎで、マグロのとろろ芋和え、アオサのサラダ、厚揚げ、プルコギを作る。

アマゾンプライムで勝手にボタンが押されて流れ始めた「バチェラー・ジャパン」という番組をチラ見していたら、思いのほか面白かった。ひとりの男性（バチェラー）に20人の女性がアプローチして勝ち取っていく番組。なんと、エピソード10まであるらしく、今回でシーズン2。今、エピソード3まで見て……もっと見たいと思っている。

7月7日（土）

大雨の被害が各地で起きているようだ。連日猛暑の地域もあったり……。

今後日本に住む以上は、自然災害が起きても仕方ないという覚悟が必要だよね。日本のいい面、素晴らしい面を享受する以上は、大雨や猛暑はともかく、地震など、日本の地形によって起こり得ることは仕方ない。

これまではともかく、今後はできるだけそれが起こりにくい環境を選んで住むことも、危機管理のひとつだ。

サロンの壁に、額をたくさんかけることにした。大小様々合わせて23枚。配置を考える。

7月8日（日）

今日もきのうに引き続き猛暑。早いうちにプリンスを公園に連れて行こうと思っていたけど、大人のほうがバテる。プリンスも公園に着くまでに寝ちゃった。近くをブラブラして、夏用のリゾートワンピースを買う。

家に帰って、プリンスをお風呂で行水させた。30センチほど水をはって。おもちゃで遊んで楽しそう。

今だ……感覚としては、授乳が続いている今が一番大変な気がする。新生児のときは動かないから今より楽だった。

でも、これから数年はできるだけ近くにいようと思う。

7月10日（火）

京都の「一杢」というところから出る、塩を使ったボディスクラブの商品発表イベントに出場することになったので、一杢の社長さんに会う。

もともと、『あなたは絶対！運がいい』が出た当時に私の本を読んでくださった方で、それから何年も経ち、今回代理店から私の話が出たときにご縁を感じたという。まだイベントのイメージが見えないけれど、一生懸命やろう。


夜は友人たちと食事。久しぶりに大きなイヤリングをつけてピンヒールを履いた。夏の夜の気持ちよさ。広尾のレストランに着いたら夫からライン。

「大変！　オムツがどこにもないよ」

何かの手違いで、今日届くはずのオムツが届いていないらしい。とりあえず、車にある数枚を使っておいてもらって、急いで広尾商店街まで走り、両手にオムツを抱えてまた走ってレストランに戻る。

夕食は楽しかった。笑いが絶えなかった。

C姉様が、『あなたは絶対！運がいい3』を読んで、ものすごく抜け出たことがあったらしくて、「帆帆ちゃん、天才だわ……」なんて言われた。C姉様がそういう表現をするのは珍しいのでうれしく拝聴した。充電された。

7月11日（水）

朝、目が覚めたあたりから、もう暑そうな気配の日差し。

朝食を食べてから、プリンスを連れて散歩へ。

カフェでママさんと合流。近くのお店で友達にぴったりのカゴバッグを見つけて、お店から配送してもらう。

ママさんからすごい話を聞いた。アトリエとして借りている部屋に、ずーっと前から変な物音がしていたという。

帆「え？　どんな音？」

マ「木がバキーって割れるような音。夕方になると特に。それが盛り塩をしたら収まったのよ」

帆「どのくらい続いてたの？」

マ「もう2年くらい」
帆「エーーー？　今まで黙ってたの？」
マ「そう、あなたが怖がると思って。それに私は全然怖くなかったし」
音よりも、よくそれだけ長いあいだ黙っていられたなとそっちに驚いた。なんだろう、座敷ワラシかな。でも悪い感じはしなかったって。ええ？　ホントに？

7月13日（金）

私もオフィスに盛り塩をした。先日の一杢さんが送ってきてくださった「函谷鉾《かんこぼこ》」を玄関に飾る。


有料メルマガ「まぐまぐ」に質問がきた。

「まぐまぐの配信、いつも楽しく読ませていただいてます。○○と申します。

帆帆子さんの言っている「イヤな人からは離れていい」にずいぶん癒されました。

実は私は小5の男の子がおり、幼稚園の頃から親子ともに仲良くしていた近所の同級生の男の子の家のおばあちゃんから、1年前頃、「もう家には来ないでね」と言われ、それ以来音信不通になりました。当時、浅見さんの『出逢う力』を読み、モヤモヤするから距離を置いた決断でした。それでも、なにかの行事などで顔を合わせることがあるのですが、私は行きたくなくても、子供は参加したがったりする場合には、どう対応すればよいのか迷います。

なにかアドバイスをいただけたらうれしいです」

私だったら、子供がそれに参加したがれば行くと思う。子供自身はなんとも思っていないかもしれないし、母親の感覚だけで「その行事に行きたい気持ち」を抑えるのはかわいそうかと思うので。そして、その先でその人に会っても、普通にしていると思う。「来ないでね」と言われても、こちらに思い当たることがないのだから、「普通」でいいよね。

気持ち的には、「今日はじめてその人に会ったつもり」になって向き合う。かつてのことはリセット！　誰でも、その人の前回の印象がよいと、次に触れるその人の言動もよく感じるけど、前回の印象が悪いと同じ言動でもよく感じない、どころか、無意識に粗探しをしていることもあると思う。そして「ほらね、やっぱり」と思ったりする。なので、過去のことはなかったことにして接する。

そして、「子供のために」そのイベントに参加した、以上終わり、として参加したあとは忘れる。そうじゃないと、そのおばあさんの言葉に自分のパワーを譲り渡してしまうことになるよね。そのおばあさんの言葉がなければ、子供はその楽しい行事に参加できていたはず。それが悪いことをしたわけではないのに参加できなくなっている……というのは、自分と子供が決めていい決定権を、相手に譲り渡しているということだ。

この質問から思い出したことがある。私の友人が、十数年前、彼女の専門分野でメキメキと頭角を表して世間に認められるようになり始めたとき、その業界専門のある評論家から酷評されたことがあった。
「奇をてらった新人がどこまでできるのか……」
まわりから見れば、その評論家が言っていることもわからなくはない（決して、ただの意地悪で言っているわけではないから）。けれど、上り調子の新人として認められ始めていた彼女にとっては、「この世の終わりのようにショックだった」と言う。その後、ますます成功していく流れの中でも、「あれほど落ち込んだことはなかった」らしい。

彼女はもともとプラス思考で、自分の考えていることや望んでいることは、それをワクワクと思い描いて言葉にしていれば必ずかなう、ということを実践して成功してきた人だったけど、このときはどう考えてもプラスに捉えることができなかったらしい。何日も落ち込んで家にこもっていたときに、ふと、これまで自分のことを褒めてくれたり、応援してくれたりした人たちのことが浮かんできた、そして気づいた。

これだけたくさんの人の応援があってここまできたのに、自分はたったひとりの意見に振り回されている。その意見は、世の中すべての人のものではなく、その人の個人的な感覚にすぎない。いくら名の通った知識のある評論家だとしても、その人が酷評するまでは誰も酷評していなかったのだから。それなのに自分のパワーを相手に譲り渡しそうになっている……。

本来、自分にあるべきパワーを他人に渡してしまうと、急に無力になったような感覚になる。でもそれはその言葉を認めた自分自身だ。認めちゃったのは自分。もしそれをまったく気にしなければ、もし耳にも入らなければ、それを認めないので事実にもならない……。

そこで彼女はもうひとつ気づいた、その評論家にそれを言わせたのは自分自身だと。「奇をてらった新人がどこまで進んでいくことができるか」という思いをいつも抱えていたのは彼女自身だったのだ。自信満々に進んでいるように見えて、心の底ではいつもそれと真逆の不安を抱えていたという。自分をどこかで否定していた。彼女の言葉を借りれば、

「だから説得力のある人に自分の思っていることをズバッと言わせて、〝やっぱりそうなんだ〟と思わせた」

考えてみると、私も同じようなことを心の底で思っているときがある。ある事柄に対して、「どうせ、こうでしょ……」と半分あきらめに近い軽蔑の眼差しで眺めていること。だから当然、その事柄に関してはその通りになって、「ほら、やっぱりね」と思うことになる。

そうか、それはまさに自分が思っていることを他人に示させているんだな。

まさに、思い通り。


自分が自分のことを認められているときが、一番満足感があると思う。自分が自分を認めているときは、まわりの人の声や評価はあまり気にならないけれど、どんなにまわりが認めてくれていても、自分がそうではないと不安がやってくる。

自分の頑張りを一番知っているのは自分だよね。心の底でたまに思う「どうせ……」は必要ないなと思った。

これ、次回の「まぐまぐ」に書こうっと。

7月14日（土）

この1週間ほど、朝はほぼ毎日プリンスと散歩に出かけ、ママさんと待ち合わせて一緒に自宅に帰り、ママさんは壁の絵を描き、私はオフィスへ、という日々が続いている。代わり映えのない日々。

リビングの大きな絵は、はじめに描いたものは描き直しとなり、海だけれど違う構図のものになった。波の上に「さあ、旅に出よう。望んでいるものが着実に近づいている」という意味の英文を書いた。

7月15日（日）

今朝、起きているか寝ているのかわからないボーッとしたときに思いついたのは、「ほとんどのことはどうでもいい、本当に重要なことだけに集中したい」だって。

今日も暑い。

夫の友人ファミリーたちと屋形船で東京湾をめぐった。全部で20人弱。

プリンスは少し年上のお兄さんたちに遊んでもらって大喜び。

屋上に出ると、東京湾の真ん中だった。向こうにフジテレビ。反対側にレインボーブリッジ。太陽はギラギラ。

今年の夏もまた異常に暑いのかな。

帰り、車の中に置きっ放しにしていたポカリが熱燗《あつかん》になっていた。

7月17日（火）

今朝のボーッとした時間に降ってきたことは、「予想外のことが起こったら、面白い展開になる」だって。

ここしばらく、昨年の日記「毎日、ふと思う⑰」のチェックをしている。

去年は、忙しそう。それに比べて今年は暇。なんか……暇。

さっき、クロワッサンドーナツというのを食べた。散歩に出たときに買ったもの。たっぷりとした砂糖の重みで全体がずっしりと沈んでいる。指で押すと油が滲み出てくる。

「引き寄せを体験する学校」が、すごくいいコミュニティに成長しているようで、DMMの取材を受けた。

7月18日（水）

友達の飼っていた犬が亡くなって、その日の夕方に見たという彩雲が送られてきた。こんなの見たことない。あの虹を渡って、天国に行ったんだね。

7月19日（木）

早朝にカフェに行く。コーヒーとシナモンロールを食べる。プリンスは持ってきたお弁当とバナナ。そこで9時くらいまで仕事。私たちで貸切だった。

たまに「こんな日記、出す意味あるかな」と思うときがある。ただの記録だし、特に変わった生活をしているわけでもないし、去年の日記なども、読んでいてつまらなくて気が沈むときがある。

でも、さっき引き出しの奥からファンレターが3通出てきて、そこに「帆帆子さんの本の中で日記が一番好きです」と書いてあったので（3通とも）、「いいんだ、出しても」と明るい気持ちになった。

過去のことで思い出していいのは楽しかったことのみ、と改めて思う。

7月20日（金）

新しい部屋、すでにずいぶん長く住んでいるかのように落ち着いている。ここが好き。オフィスのほうも数年経ってやっと私のお城らしくなったから、ここもゆっくり作っていこう。

土用の丑《うし》の日なので、うなぎを食べる。

7月22日（日）

毎朝ハワイのような気候なので、ハワイのような朝食に凝っている。

今朝はスクランブルエッグの上にチーズを溶かしたトースト、焼きトマトのサラダ……別に大してハワイらしくないか。

それとグレープフルーツとグアバジュース。きのうはエッグベネディクトとマッシュポテト。明日はパンケーキかな……太るね。

ヨットだけど、土台が終わったので帆の部分も貼りあわせた。

引越して2ヶ月、ようやくブロックが全部なくなった。

7月24日（火）

「突然、すべてに対してどうでもいいような投げやりな気持ちになって、もうすべてバカみたい、とかやさぐれる気持ちになることってない？」

と夫に言ったら、ちょっと考えて、

「ないね。いちいち本気になってると、毎日そんなことだらけだし」

と言った。

相手の言動とか、がっくりすることにいちいち気を持っていかれて本気で落ちていたら（そんなことしょっちゅう起こるから）身がもたない、ということらしい。ふーん、そうか……、毎日、いろいろあるんだろうね。

「でも、自分の采配で進めていける自由はそれ以上、最高」と言っている。

自分の考えや裁量で自由に進めていける今の素晴らしさは、そんなくだらないことは気にならない、それを上回る喜び、ということらしい。

彼の話、言葉が足りないよね、こうして文字にすると特に。

ボディスクラブの新商品発表会でトークショーに出る。

天然の塩を使ったボディスクラブ、その名も「塩結美《えんむすび》」。

健康運、金運、愛情運、仕事運などがある。先日、私の友達に健康運をあげたら、その数日後に長年悩んでいた体質改善にぴったりの方法と出会ったらしい。この効果かも……。

日本の塩を使ったボディソープは極めて稀《まれ》で、神社のお供物に使われるのと同じ「水、酒、塩、米」が使われているそう。会場には、メディア関係以外に今流行りのブロガーやSNSのインフルエンサーなど、若手女子がたくさん集まっていた。みんなスマホばかり見ている。効果的な写真、効果的な拡散の仕方をするために、無言で商品に向き合っている真摯な姿。

トークショーのあと、いろんな人と写真を撮る。綺麗な1枚を撮るには、少なくとも10枚は撮ることが鉄則で、右、左、斜め、遠目、近めなど、あらゆる角度から撮ることは鉄則らしい。それを心得ている女子たちは、前の人の写真を撮ってあげるときにも小まめに動いて、「遠目、近め」とやっていた。みんな楽しそう。

帰ってから、さっきの女の子たちに教えてもらった「綺麗に撮れる方法」で自撮りをしてみる。食後、今日は「仕事運」のスクラブで体を洗った。

7月25日（水）

「今」を楽しめていない人は、未来にも楽しいことはない。「今」の波動が未来を作り、「今」の繰り返しが未来だから。

義理の母からものすごく大きなスイカが届く。これぞ昭和のスイカというような巨大さ。プリンスのお腹くらいまである。

最近は半分の半分のそのまた半分か、近くのスーパーなんてカップに入ったスイカしか見ないのでうれしい。そして信じられないほど甘い。やっぱり果物はこうでないと。

エネルギーの違う人って、必ずはじき出されることになるんだなと思う。自然な形で離れるというか。仕事で「あれ？　あの人だけエネルギーが違うんじゃないかな」と感じていた人が、次のときにはいなくなっていた。中心人物と関係が悪くなって降りたんだって。でもそれは、その人にとってもよかったことのはず。エネルギーの違う人と動こうとしたら、先もやりにくいだろう。

7月26日（木）

リビングのダイニングテーブルに使っている椅子を倒すと、不思議な形になるので、全部倒してジャングルジムみたいなのを作る。全部が曲線の椅子なのでどこにぶつけても大丈夫。

はじめは「ちょっと気になる」という程度の問題が時間とともに悪化、ついに最悪の状況となり、全体が爆発。でもそれをきっかけに最後は問題点が改善されることになった、めでたしめでたし、ということがある。この場合、途中の「状況が悪化」は、その後の改善のきっかけだ。

そしてその一番はじめには、「この状況を変えたい」という宇宙へのオーダーがある。オーダーしたら状況が悪化……。ここだけを見ると真逆へ向かっているようだけれど、それも本来の望み（改善したい）を成就するために必要なこと。そう思うと、一度オーダーしたら、その後に予想外のことが起きても「これがどんな面白い展開になるかな」と思えるはず。でも、そのはじめには、きちんとした自分の意思がないとダメ。「こうしたい、こうなりたい」という意思表明、宇宙へのオーダー。この世は自由意思だから、本人がはっきりとそれを望んではじめて、宇宙は力を貸してくれる。

夜、夫の誕生日で「SUGALABO」へ。友人たち6人と。みんなの未来の計画で盛り上がる。ひとりは無人島を買うそうなので、そうなったときの実質的なインフラ整備の相談など、真剣に話し合う。「それに関しては私が～～しますから、そのときに相談してください」とか夫も真剣に言ってて、おかしかった。無人島を買った場合の話。

食事の量が多すぎて、また最後のほうは苦しかった。

7月27日（金）

きのうの会食の写真を見て、私、太ったな……と気が沈む。と言っても、何もする気はなし。これからバームクーヘンを食べるところ。

新刊のチェックがやっと終わった。

7月29日（日）

今日はホホトモサロン。太ってきた私にいっちょ気合を入れよう、とお気に入りのセットアップを着る。肩と背中が露出するもの。

気持ちが下がるときというのは誰にでもある。そのときに、どのくらいパッと気持ちを戻せるか、それができる人との差。「それを見ると上がっていたときの気持ちをすぐに思い出す」という物を用意しておくこともそのひとつ。

そういう「物」がたくさんあったら自分の家こそパワースポットだと思う。

7月30日（月）

午前中、様々な雑用を超スピードで終わらせ、軽井沢に行く準備。仕事の道具も忘れないようにして、あの美味しいスイカも持って行かないと。まだまだ充分に甘くみずみずしい。12時すぎにママさんを迎えに行き、持っていきたいという小さな家具を車に積む。

着いて、ツルヤに寄って今晩の夕食と明日の朝食だけ買って、私はすぐに仕事。宅配便を調べたら、ここから都内までは明日の夕方に出せば翌日の午前中に着くそうなので、それまでに仕上げないといけない。

7月31日（火）

さすが、軽井沢、びっくりするほど涼しい……。

きのうは毛布をかけて寝た。プリンスも一度も起きなかった。やっぱり、東京で夜中に起きるのは寝苦しいからだね。

さて、夕方5時に宅急便が来るので、絵カットをそれまでに仕上げなければいけない。なのに、急に手に力が入らなくなった。半年に1回くらいある、この突然手に力が入らない症状はなんだろう？　絵はもちろん、字もまったく書けなくなる。左手で書いているみたいなフニャフニャの字。

帆「これが本当に大事なときにきたらどうしよう？って思うけど、そういうことはこれまで一度もないんだよね」

マ「本当に大事なときって？」

帆「……たとえば試験とか」
マ「そんなの、今のあなたにないじゃない（笑）」
帆「……そだね（笑）」

ここから思ったのだけど、その「瞬間」に力を出さなくてはいけない職業って大変だな、と思う。たとえば……タイムを競うスポーツ競技とか、ピアノでコンクールに出るとか（これは手が動かない、から連想したのだけど）。そのときのコンディションがすべて、その時間内で判断される、という仕事。どんなにそれ以外のときが素晴らしくても、その時間内が勝負。じっくり考えて作り上げる世界とはまた違う世界。

手の調子が戻るまで（大抵いつも1時間くらい、忘れた頃に戻ってる）、お風呂にでも入ろうと思う。

本を持ってゆっくりと。ここは浴槽が4人用だし、緑の景色に向かっているので気持ちがいい。出たら手も治っていたので、落ち着いて仕事をする。

集中して4時半に終わった。梱包をしていたときに宅配便屋さんが来たので、ちょっと外で待ってもらって急いで梱包して出す……間に合った……やればできるもんだ。

ちょっと休憩して、他にも仕事をいろいろと。

夜、今日できたことを何度も振り返って幸せに浸る。

8月1日（水）

今日も信じられないほど涼しく、爽やか。7時に起きて林の中を歩く。奥の別荘地のほうも、今年はずいぶん人が来ている……暑いからね。

今年ほど避暑の意味を感じたことはないな。ここでプリンスがぐっすり寝ているのも涼しいからだろう。東京の彼からの今朝のラインには「早朝なのにすでに暑い」とあった。

午前中、サロンに電気工事が入り、長らくつかないでそのままになっていた電気の配線が復活して、奥の部屋の電気がつくようになった。これは昨年、奥の部屋の備え付けの家具を取ったときに、壁から出ている電気の配線とつながっていて、それを私のママさんが独断で切断したもの。あのときは、サロン改装中ですごく気持ちが乗っているときで、すぐに家具を動かしたかったんだよね。今回も、正確に言えば一本一本試せば配線が戻ることはわかっているのだけど、さすがに感電したら危ないので電気屋さんをお願いした。

帆「そうか、あのときも改装していたんだね」

夫「帆帆ちゃん、いつもそんなことしてるじゃない？」

とライン。

朝食のあと、いつもの輸入雑貨の店で女主人とおしゃべり。今、テニスのトーナメントがやっていて、お店の裏側が練習用コートに面しているようなので、お店にお客さんがいないときは観戦しているんだって。ちょっと裏に行って……いいね。今日もすごく可愛い格好をしていらした。私の好きな感じの。

ランチョンマットと、プリンスの洋服を買う。子供用の帽子があったら欲しいと思っていたのだけど、売り切れちゃったって。

プリンスは、ここのお店の人にははじめからニコニコしていたのに、その後別のお店に入ったら、店員にあやされた途端に泣き出した。勘違いでなかったら、泣いたお店のほうは、店員さんが「買ってもらおうエネルギー満載」だったからかも。波動だよね。

他にもいくつかなじみのお店を見て、帰る。

午後は昼寝。プリンス、なんか、サイズが大きくなった気がする。

8月2日（木）

ああ、私、やっぱり、世界中から集めた素敵なモノに囲まれた場所、お店、空間をやりたい。軽井沢にいると、その思いが強まる。ここは私のパワースポットなので、ここで思いついたことは意味があると思っている。

今日は、「エルツおもちゃ博物館」というところに行ってみた。ドイツのおもちゃがたくさん、主に木彫りが展示されている。昔からうちにある古いクリスマスツリーの飾りはドイツ製のものだったんだな、とわかった。

面白いおもちゃもあって、プリンスは夢中。思ったより楽しめた。

そうそう、さっきここの入り口で、５歳くらいの女の子がバギーに乗ったプリンスのことをえらく気に入って、「可愛い、この子と遊びたい」と言い出した。そして突然プリンスに近づいて、頭をなでた。続けて顔を近づけてプリンスのほっぺを両手で挟んだので、プリンスはビックリしてちょっと泣きそうになる。近くには母親がいたけれど、微笑んで見ているだけでなにも言わず。

出てきてから私の母が言う。

「自分の子供が他の赤ちゃんにさわりそうになったら、母親が言わないとダメよ。さわっている子供のほうもまだ小さいんだから」

私もそう思う。

最近、「子供の意思を尊重する」とか「むやみに怒らない」ということと躾《しつけ》をしないことを履き違えているお母さんがいるけど、たとえば放任主義は、きちんとした躾ができている上で成り立つことだ。子供の目線に立つなんて、当たり前のこと、その上で親が叱ったり、躾けたりしなくちゃ。

以前、もう少し大きな子で、究極に躾のできていない「聞かん坊」を見たことがあったけど（あれはひどかった、本当にびっくりした）、あのお母さんも放任主義を美徳としていてまわりの人たちは引いていたよね。

今日も午後は昼寝。３人でぐっすり……。

今、不思議なことがあった……。きのう、ママさんがツルヤの駐車場でピアスを落とした。ピアスは見つかったけど、後ろのキャッチャーはさすがに見つからなかった。まあ、小さいし、見つかるはずがない……。それが今、プリンスが床からなにかを拾ってきて、それがピアスのキャッチャーだった。え？　どうして？　たぶん、落としたときにママさんの洋服にくっつき、それが家の中で落ちたんだよね。ピアスを一個しか持ってきていなかったので、見つかってよかった。

こういうこと、たまにある。このあいだも、ママさんが絵を描いているときに「飛行機の絵の見本がないかな」と思っていたら、プリンスが大人の本棚から洋書を持ってきた。開いたところを見てみたら、その写真の中に飛行機の絵が載っていて、それがとても参考になったんだって。プリンス、面白いね。

8月4日（土）

万平ホテルで開かれている陶芸家の田端志音さんの展示会に行ってきた。変わらず、どれも好き。結婚のお祝いにいただいた夫婦茶碗もあった。万平ホテルもだんだんと混んできている。緑がきれい。

心が広いというのは成長にとって一番必要なことな気がする。新しい考え方を受け入れることができるから。

8月5日（日）

東京に戻ってきた。

午前中はホホトモサロン。夜は友人たちと食事。東京、猛暑続行中。

8月6日（月）

自宅のリビング、絵が増えて、だんだんと整ってきた。

今日も、通いのアーティスト、ママさんがやって来る。好きなベーカリーのサラダをふたり分持って。休憩時におしゃべり。

帆「たまっていた話ができてよかったースッキリ」

マ「たまっているって、会っていないのはきのうだけじゃなーい？（笑）」とか言いながら。

6月から、プリンスを週に1回、プレ幼稚園のようなところにお願いしている。それ以外は実家か、ママさんが家に来るという形。シッターさんは見送り中。いろいろと様子を聞くと私は合わないような気がするので。プリンスとふたりだけで家に残すことはできないし、家の中に他人がいたらストレスが増えそう。それにやっぱり躾が気になる。

集中して1時間ほど仕事をしてから、プリンスと遊ぶ。

最近の私、ちょっと忙しすぎる……。

提出するべきものに朝から追われていて、自分の心を満たす楽しいことや、プリンスや夫のことや、目の前の小さな楽しいことに向かう時間がなさすぎる。

こんな感じが続いたら、今後私が本の仕事以外にやろうと思っていることについていつまで経っても進めない。形としては進めることができても、渦中の私はなんとなく流されて、精神的充足感がない。

精神的な充足感、それこそ最も大事。

生活を立て直そう。私は「原稿を書く」ということに関してはいっさい苦痛はない。書き始めれば楽しいし、そのための時間を作ることも苦にならないし、むしろ、それが私の生活の癒し、楽しみ。今私の生活をストレスフルにしていることは……あれだ………あれがなくなれば、と言うか、もっとやりやすい形に変えれば、ストレスは減るはず。

今日から少しずつ変えていこう。少しずつでも。

夜中も、目が覚めたのでさっきの続きを考える。生活をストレスフルにしていることのあぶり出しと対策。

広がりすぎたものを小さくして、不必要に感じるものを整理してシンプルに。

そうすれば、新しいことに向かう時間もできるだろう。

今後の未来の計画についても、具体的な時期を入れて考えた。家族のことも。

具体的な時期は、「そこに絶対」と執着するものではなく、そうすることで、まずなにから始めればいいかを明確にするため。

8月7日（火）

今日の前半は、非常に、非常に流れが悪かった。

まず、台風がきている影響で朝から雨。プリンスを連れて出かけなければいけない用事があって、今日はもうやめようかと一瞬思ったんだけど、せっかく今日はなにも用事がないんだから頑張ろうと重い腰をあげて支度する。

雨用の格好をして（私が）プリンスを抱っこし（タクシーなのでバギーは置いていく）、タクシーを呼んで乗り込み、目的地についてみたら……目的の場所が休みだった
「えええええええええ？　やめようかと思ったあのときにやめとけばよかった」とガックリ。本当にガックリ。でも、「引き寄せを体験する学校」での皆さまの投稿や今月のテーマを思い出し、「そうだ、こういうときこそ、なにかいいことがあるかもしれない」と思ってまわりをキョロキョロしたけれど、なにもなし。ここに来てよかった、と感じられること、ゼロ。

ママさんに、予定より1時間早く出てきてもらうように電話して、近くの交差点で待ち合わせる。それまでカフェにでも入ろうと思ったけれど、徒歩数分以内にカフェは見当たらず、反対側のスタバに行くために、プリンスを抱っこして、傘を持って、はるか先に見える横断歩道まで歩ける自信はない……ということで、待ち合わせの交差点にあった大きな木の下に入る。雨は少し弱まった。

ここなら傘を差さなくても濡れないし、プリンスを地面に下ろせる。

すぐでにも走り出して行きそうなプリンスを抑えながら、葉っぱを見たり、空を見たり、通りすぎる人のことを話しながら待つこと20分。途中、抱っこしていたプリンスにピアスをもぎ取られてパールが地面に転がる……トホホ。そのとき、読者さんに声をかけられた……！

「いつも読んでいます!!!」と言われて恐縮しつつ、「そこの足元にパールが……」と思いながら握手をした。

そんな感じでさらに15分が経ち、ママさんと合流。

マ「あるわよね～、そういうこと（笑）」

帆「ほんと、しかも読者さんまで会うなんて……とりあえずお茶しよう」

と、プリンスの手を引いて歩く。

カフェに着いてホッとして、朝からなにも食べていないのでメニューを開くと、なんと今日に限ってコーヒーマシンが壊れているとかで、コーヒー関係はオーダーできないという。コーヒー専門店なのに。

苦笑。オレンジジュースとワッフルがきて、ホッとした瞬間、プリンスが水のコップをひっくり返す……こんなことはじめて。母も唖然。そして今日に限ってプリンスの着替えを忘れた……ため息しか出ない。

無言で黙々とワッフルを食べ、母とプリンスをタクシーに乗せ、私は予約していたヘアサロンへ行く。そこで半分眠りながら今日の半日を思い返す。

するると、そこに心の友「ウー&チー」からライン。今日の夕方からちょっとだけ会えるという。さっき、ママさんを待っているときにラインしたので、会えることになってとてもうれしい。

そしてますます思考の波に深く沈む。

これは早急に生活の立て直しが必要だと思って。考えてみると、今の生活がもっと整理されていたら、今日の午前にあったようなことに対してもそれほどイライラしない。頑張って行って休みでも、「まあ、そんな日もあるわ」と思って、結構のんびり構えられる。でも、生活がゴチャゴチャしていて追われているから「家にいればあれもできた、これもできた、最悪！　流れが悪い」というふうに思っちゃう。あぁ……そもそも、流れがいいときは、はじめに行く気が起きていなかったときに、やめているんだよね……。

うん、今のこの生活を早急に立て直すために、今日の流れの悪さがあったのかも……。そうだ、そうに違いない。すぐに立て直そう

終わって気持ちよく、ウー&チーに会いに行く。今朝からの流れを話し、そこから考えたことを話す。気持ちを上げるために、再びみんなの未来の計画を聞いて、帰る頃にはニコニコ。

チーちゃんに誕生日プレゼントにリクエストされていたものを渡す。

8月8日（水）

今週の前半は彼が仕事で遅く、朝もとても早かったのであまり話せる時間がなかった。きのうの夜は10時くらいに帰ってきたので、そこからゆっくりと話す。マンゴーと桃とアイスをおつまみに、白ワイン。

女性にとって、状況を全部話しておきたい欲、聞いてほしい欲って確かにある。ま、大事な人にだけね。今のところ私の場合は、夫とママさんとウー&チー。

今朝はお昼前にママさんと軽井沢へ出発。向こうで絵を描く予定なので、かなりの荷物の量だ。彼はあさってから来る予定。

台風から逃げるように北へ北へ。途中、少し激しく降っているところがあったのと、ちょっと事故渋滞があって、いつもより1時間くらい余計にかかって到着。

今日の私はとっても元気。生活の立て直しの方向性が見えたし、未来の計画も決まったから。

起こっていることの意味がわかると、人は安心するのだと思う。きのうのあの流れの悪さが「生活を立て直し！」というサインだとわかったように。起きることが、なんの理由もなく偶発的に起こり、コントロール不能に感じると、人は妙な不安を感じたり、防御したりしたくなるのだろう。

8月9日（木）

きのうの夜も涼しかった。明け方に寒くなって羽毛布団を出したくらい。

今日は曇っているので肌寒い。

朝食後、今一番やりたいことはなにかと考えたら、「テラスにゆったりできる椅子を用意すること」だと気づいた。もう1秒たりとも室内でパソコンを広げることには耐えられなさそう。目も痛くなってきたし、外の爽やかさに比べて部屋の中のこの暗さ、いやだ。これは、先週から言っていること。前回の軽井沢でベンチの座面が壊れてからテラスに出られない日々が続いていたので、「今回の滞在中に絶対に椅子をなんとかして！」とママさんに詰め寄る。

と、そこで思い出した。物置に、昔使っていた寝そべることができる素敵な椅子があったじゃないか……。

「あるけど、汚いわよ？」とママさん。

出してみたら、すごくいい感じ！　水をかけて綺麗に拭いて、テラスに置いた。

ゆったり座って緑の中でパソコンを広げたら……いい！　すっごくいい！　どうして今までこうしなかったんだろう。この斜めのゆったりした、半分ハンモックのような椅子に座ると、背中もお尻も痛くないし、パソコンをするにも本を読むにも最適。

サイドテーブルに美味しいコーヒーをセットして、さらに完璧。天国テラスと名付けよう。

8月10日（金）

このあいだ聞いたことだけど、マラソンの高橋尚子選手は、企業のマラソンチームに入っていたとき、下から数えたほうが早いくらいのダメな成績だったんだって。でも小出監督の練習を受けたくて、自分の練習メニューを書いたファックスを何回も送り（ここがエライよね）やっと練習を受けられるようになった。そして小出監督独特の「褒め攻撃」の影響で、オリンピックでメダルを獲るまでになったらしい。はじめはその褒め言葉を本気にしなかったけれど、毎日言われ続けたらその気になったたって。
「キミの走りは世界に通用する、素晴らしい！　天才だ！」と毎日言われ続けたら……うん、すぐにその気になるね。想像するだけで元気になる。
私もそう思おうっと。自分で褒めるしかない。↑走ることについてじゃなくてね
ツルヤへ食材の買い出しへ。ステーキ用のお肉、お刺身、とうもろこしをたくさん、最近

好きな「あんずのシロップ漬け」、フルーツ、トマトの箱買い、などの上に、日常の食材を買ったらすぐに大型カートがいっぱいになる。レジに並ぶと、前後の人も同じような感じ。「夏のスーパーの売り上げ日本一なの、納得ね」とママさんとひそひそ。

夜、彼が着いた。

8月11日（土）

今日は曇り。朝食に、ジャガイモとベーコンと玉ねぎを炒めたのを久しぶりに作る。あとは目玉焼きとトマトのサラダ、マフィン。

先週ママさんと目星をつけておいた家具を見に、みんなで出かける。

彼が一目見て、「ちょっと違うんじゃない？」とすぐに言ったのでやめて、代わりに近くにあった大きなゾウのぬいぐるみを買う。プリンス用。よじ登ってゾウの頭に頬ずりし、「うれしい♪」という素振りをお店のオーナーに見せている。こういうところね、プリンスのその場を読む感覚……。

午後は知人に誘われて、Y邸での横山幸雄さんのピアノリサイタルに伺う。

8月12日（日）

9時すぎまでみんなでゴロゴロ。

朝食のあと、プリンスと3人で「軽井沢おもちゃ王国」という遊園地へ。

お弁当や着替えを持って、いそいそと。なんか、ファミリーっぽい、とか思いながら……。

白糸の滝も超えて、40分近くで着く。

着いてみたら、なかなか立派な遊園地だった。すごくたくさん、いろいろある。フリーパスポートを買おうとしたら、チケット売り場のお姉さんに、「お子さんが1歳だったら入場券にして、中で個別に買われたほうが得だと思います」と教えてくれた。

入り口のレゴで作られたお人形程度で、すでに喜んでいるプリンスだ。そうか……まだこのくらいね。

はじめにミニ列車に乗ることにした。彼が列に並んでいるあいだ、私とプリンスはミニジェットコースターのような乗り物を眺めたり、自分でこぐ子供用の車に乗ったりする。こういうの、そろそろ買ったほうがいいかな。

「あと10人くらいだからそろそろ戻ってきて」とラインがきた。

列の近くまで戻って、すぐ近くにあったアンパンマンの乗り物へ乗り込んだ夫とプリンス。100円くらいで動く、昔スーパーマーケットの脇にあったような、あれ。はち切れそうなアンパンマンに、巨体を押し込んだ夫。アンパンマンと夫……笑える。

ミニ列車には私が乗り、彼は外から写真係。たまたま一番前の席に。

「このレバーを手前に引くとスピードが速くなって、ここを右に引くとブレーキがかかります」

とかいう説明を真剣に聞いていたら、「……あの、大丈夫です、基本は自動で走りますので」と言われて一安心。早く言ってよ。

電車よりも、外にいたパパを見つけて喜んでいるプリンスを乗せて列車は進んだ。

お昼にしよう、と出店の並んでいるランチスペースに行ってみると、おおお、久しく触れていなかったこの感じ、ファミリーだらけ、すごく混んでいる。

たまたま目の前に空いたテーブルに座り、すごく時間をかけて、彼がカレーとタコライスを買ってきてくれた。そのあいだにプリンスはお弁当を全部食べて、熟睡。

タコライス……美味しくない（笑）。ジュースも、人工的な昭和の味。昔、こういうひどい感じの、あったよね……。

「カツカレーはまだいいとして、ここでタコライスって一番の失敗メニューを買ってない？間違いないのは、焼きそばだよ」

と、せっかく時間をかけて買ってきてくれたのにブチブチ言った私。

でも、チュロスを食べて機嫌がなおる。

「チュロスはディズニーランドと同じ味だね」

それにしても本当にいろんな人（親子）がいる。若い親ばかり。たまになにかのアニメの音楽がかかると、お父さんたちまで踊ってる……。

やっとプリンスが起きたので、私とメリーゴーラウンドに乗って、パパと機関車トーマスに乗って、さっきの自分でこぐ子供用の車に乗って、１００円で動く動物の乗り物に乗って、帰る。

帰るときに、急に土砂降りの大雨。夫が車をとってきてくれて、ダッシュで乗り込んだ。

プリンスは帰りの車の中でゴニョゴニョとなにかを話しながら元気いっぱい。

8月13日（月）

うす曇り。ああ、きのうは疲れたーーーー。

まあ、これも慣れだよね。久しぶりにああいうワールドをのぞいたからね。

「あら、でもママも、そういう遊園地にあなたたちを連れて行ったこと、ほとんどなかったわ」

と言っている。そうね、連れて行ってもらった記憶、ないね。特にパパさんと遊園地なんて、一度もないんじゃないかな。国内ではホテルのプールが多かった記憶が……。まあ、それぞれだよね。

朝食のパンを買いに行った帰りに友達の別荘をのぞいてみたら、遠くのほうから友達が走って出てきてくれた。20数年ぶりの再会。弟の同級生のお姉さんで、学校は違うのだけど、高校生のときに一緒にアメリカにホームステイした。

滞在中にもう一度遊びに来ることにする。

気だるく、まったりと過ごす。プリンスも、ビデオを見たり、ゾウによじ登ったり、本を読んだり。ママさんは向こうで絵を描いている。プリンスをイメージして描いている絵。タイトルは「サーカス」。

プリンスの最近のお気に入りの言葉は「あったぁ！」だ。なにかを見つけるとすぐに「あったぁ！」。私がいつもなにかを探しているからかもしれない。

午後、一生懸命に仕事をする。日記の本の写真レイアウト。

雷が鳴って土砂降りの雨になった。また東京に戻る夫を駅まで送ったら、大渋滞だった。裏道を使ったのでほとんど時間差はなく着いたけど、その後に通ったプリンス通りも見たことがないほど混んでいた。

夫を送ったその足で、知人に誘われたバーベキューへ行く。

夜、完成した写真ファイルをギガファイル便で送ったら、あまりに重いからか、ダウンロードにもすごく時間がかかって、それを待つあいだにプリンスとお風呂に入って寝かしつけたら……私も寝ちゃった。

8月14日（火）

早朝、パソコンをチェックしたらやっぱりダウンロードできずに止まっていた。ファイルを8分割して、やっと全部送る。

ホッとして、心地よい「天国テラス」へ移動。アメブロや「引き寄せを体験する学校」に投稿する。

この学校、各自の問題をここで相談したことで思わぬ解決をしたり、新しい道が拓《ひら》けたりしているのだけど、「どうしてこんなに解決しているんだろう」と考えてみると、高い次元の考え方や捉え方を伝え合ったり、他の人の似たような経験を知ったりすることで、自分にはなかった捉え方を発見したり自信がついたりするんだろうな。「これでいいのだ、全部うまくいっている」と……。

私の心友ラインみたい。そこを開くだけで問題が解決されたり楽しい気分になったりする、あれ。それの大きいバージョンを作ったんだな。

それにしても、この天国テラス、いいねえ。おもむろにカードを引いたら「仲間と楽しい時間を過ごす」というのが出たので、きのう会えた友達の別荘へ今日行くことにした。すぐに支度して、テクテク歩いて到着。

彼女の家の敷地は、私が知っている限り、軽井沢銀座に最も近い広大な敷地なので、プリンスも大はしゃぎ。広い芝生を友達の子供や親戚のお子さんたちと一緒に駆け回っている。ひとり、ちょっと乱暴な時期に突入している6歳くらいの親戚の男の子がいた。いるよね、こういう子。時期もあるし、親戚内での同年代の従兄弟《いとこ》たちとの兼ね合いから、ちょっと厄介者扱いされて、乱暴になっているとき。

その子と私の友達との会話がおかしかった。彼女もとにかく被害を受けたくない感じ。

男の子「（突然こっちのほうにやってきて手を振り回し）明日になると、ここに鉄人兵団がやって来るぞ〜」

友達「そうか、じゃあ、敵は鉄人兵団だ、私たちではない！（あっち行って）」とか言って（笑）。しばらくして、8歳くらいの男の子（これも親戚ね）にゴチンとやられたその男の子は、隅のほうでジーッと涙をためて痛みに耐えていた（笑）。男の子もいろいろあるね。

プリンスは、友達の家の上の子（5歳）がずっとつきっきりで面倒を見てくれたので、とてもよかった。その乱暴君からも守ってくれたりして。

私たちは20年以上ぶりなので、積もる話をゆっくりと。変わらずマイペースでゆったりとしていて、よかった。

帰ってきて、プリンスは昼寝。

私もそのそばでゴロゴロ。

今日のあの友達に比べると、このあいだの集まりにいた、「相手の話はなにも聞いてなくて、自分のことしか話さない種類の人たち」って本当に疲れる。自分の話だけ。そんなの会話じゃないよね。最近行った、ただただ高額のレストランの話とか、お金の話とか、自分のアピール話が中心。私に向けて話されているものではなかったけれど、黒いモヤンとしたものに侵食されていくようだった。

違うエネルギーのものを体験させられる意味は、自分の好みや、苦手なものを今一度はっきりさせるためだと思う。ますます、自分は自分のペースでいいな、と思う。

8月15日（水）

午前中、ツルヤで買い出し。

帰りの車の中でプリンスが寝てくれたので、「今のうちに」とママさんとお昼にする。最近、プリンスが寝ている時間を無駄にしないように、寝た途端、パパパパパパッと素早く動く。

きのう感じた「人」の話の続きをする。

「結局その人らしくいることが、一番うまく行く方法だね」というのがまとめ。

今の私（たち）には、未来にこうしたいと思っている計画が3つある。

それに向けて、ママさんと私と彼、集まるとその妄想でいつも盛り上がる。

8月17日（金）

今日は晴れ。幼稚園のときの同級生の別荘に遊びに行く。彼女のおばあさまが、長年、私とママさんの茶道の先生だった。１００歳を超えられたのでお教室は終了となったけれど、こうして毎夏に訪ねられることはすごくうれしい。

友達の息子くんたち（小学4年と2年?）に、たっぷり遊んでもらったプリンス。最近、庭に出るときに必ず熊手を持っていくのだけど、友人宅でも、テラスに立てかけてあった大きな箒を引きずっている。楽しいね。

8月18日（土）

東京に戻ってきた。うちはいいねえ。

NHKの「ダウントン・アビー」に出てくるバイオレットおばあさまが「旅は、故郷を恋しく思うためにするものよ」という名言を残しているのだけど、本当にそうだと思う。

洗濯機を回して家中を掃除。終わってから、まだまだ気に入っていない寝室を素敵にするべく、家具をあっちに動かしたりこっちに動かしたり、する。この冷蔵庫なんだよね。この寝室用の冷蔵庫が、全体のバランスを壊しているんだよ……。

帆「別の部屋に置こうよ」

夫「それじゃあ意味がないよ。寝室にあるから便利なのに」

8月19日（日）

きのうも、夜中に寝室の模様替えの続きをした。あっちに動かしたものをまた戻したり、そのたびに彼に手伝ってもらって。

「お願い、早く終わらせて、寝かせて」とか言っていた彼。

午後、プリンスをプールに入れにアメリカンクラブへ。

ファミリー用の着替えスペースに入ってショッキングなことに気づいた、プリンスの水着を忘れたのだ。さっき出がけにバッグの中から物を出したときに、置いてきちゃったのかも……悲しい。

「じゃあ、仕方ない、またにするか」と彼。とりあえず水着に着替えた彼はプールをゆっくり2往復ほど泳ぎ、「ひとりで泳いでもつまんない」と言ってすぐに出てきた。

私もあきらめきれなくて、「取ってこようか、今から」とか「また次の機会でいいよね」とコロコロ変わっていたのだけど、プリンスがプールを指差して「あ!あ!」と言っているので、着てきたズボンのまま入れることにした。今日はラルフローレンの厚手のズボンで、膝の下まであるのでいいだろう。

子供用プールに連れて行ったら、どうしたらいいかわからず固まってる。

そこで彼が大人用プールに一緒に入り、高い高いなどを繰り返したらすっかりご機嫌になった。「これでもう子供プールも大丈夫だと思うよ」と言った通り、子供プールに戻ったら手を振りほどいてズンズンと入っていった。

歩くのに飽きると、水面に映っている光の影をいつまでも手でさわっている。

私も今、「光が綺麗」と思ってたとこ……こういうの、子供っていいよね。大人だと、あんまり長く同じところにジーッとしていちゃおかしいかな、なんて考えちゃうものだ。

それにしても暑い、すごい日差し。でもここのプールの水温設定は低いので、30分いれば冷え切る。プリンスをタオルでしっかりくるみ、シャツを着せて、さっきまで水着として使っていたズボンをドライヤーで乾かした。

そしてラウンジレストランへ。

私はクラブハウスサンド、彼はサラダバー。プリンスには用意してきたお弁当。まわりの店員さんにニコニコと笑いかけ、5分後、机に突っ伏して、寝た。

それにしても、今日、私がプリンスの水着を忘れたときの彼は「そうか……じゃあ、仕方ない」というものだった。優しいと思う。

「忘れたのがボクだったら、すごく怒られたよね」

とか言われて、反省した。

帰ってきて、プリンスは昼寝。リビングのソファに寝転ぶと、空にテラスの植木が伸びている。

昼寝から覚めたプリンスが号泣している。

夕食を作ろう。今日のメニュー（プリンス）は、タラとインゲンのソテー、シラスと青海苔のチヂミ、プチトマト、ご飯。ご飯を食べながら、プリンスはゴマをかける真似をしている。ゴマをかけると美味しくなることを知っているから。

ところで、軽井沢にいるときからプリンスの顔に赤いポツポツができていた。虫刺されではなさそうだけど、湿疹というほど多くもない。「風疹じゃない？　今、流行っているんだって」と彼が言っていた。今朝、なんとなく増えているような気がしたので、明日クリニックに行ってみよう。

あれ？　そう言えば、次回の予防接種や検診はいつだっけ？と思って調べてみたら、1歳の誕生日の前の月に、区からお知らせが届くはずの風疹と水疱瘡の通知がきていない。明日、すぐに調べよう。こういう行き違いのようなことってすごく嫌。

8月20日（月）

さあ、東京の日常が始まった。

朝、プリンスを預けに行って、帰りの車の中で保健所に電話。

5月に送った通知が保健所に戻っているらしい、なんでだろう。息子の名前宛てだったから、ここに住んでいるかどうかわからなくて持って帰られたのかな……。まぁ、再送してくれるそうなのでよかった。

急いでサロンに行き、仕事をして1時にプリンスを迎えに行き、2時に編集のIさんに原稿とカバーのイラストを渡す。

今日はずいぶん涼しい。最高気温も29度だって。昔の夏は涼しかったね。

そしてクリニックにプリンスを連れて行く。

風疹だと人にうつるので、念のために隔離室で診察してもらう。

結果、なんでもなかった。たぶん、大人でいう吹き出物、とのこと。吹き出物って……(笑)。なんともなくてよかった。

今日クリニックに行こうと思ったおかげで、保健所から通知がきていないことに気づけてよかった。

今日は彼の好きなトンカツにしよう。

ダイエット中の彼はお米なしなので、ナスの煮浸し、きゅうりとわかめの酢の物、トマトとバジルとモッツァレラチーズのサラダ、クレソンとケールの付け合わせ、なめこのお味噌汁も作る。

甲子園で秋田県の「金足《かなあし》農業高校」が決勝戦に残っている。この高校、ずいぶん前に、私が「きんそくのう?」と読んだ学校だ。農業高校で決勝に残れることって、これまでなかったんだってね。

スタメンもずーっと同じ、キーワードは「雑草軍団」……いいね!!

このピッチャーでキャプテンの吉田君の優しそうな顔、これはモテるだろう。「でも決勝は大阪が勝つだろうな、だって強いもん」と夫が言う。大阪桐蔭はいろんなところから強い選手が集まっているんだって。あぁ、金足農に勝って欲しい。

8月21日（火）

今日はまた暑さが戻ってきた。

午前中、バギーを押して歩いていたらあまりに暑く、カフェでアイスコーヒーをテイクアウトする。

今後は来ない人、もうそこをやめる人への態度に、その人の本質が表れると思う。たとえば、会社やある共通の目的で集まっていたグループや組織の中で、今月いっぱいでやめる人に対して、もう仲間ではないとばかりに態度を変える人やそういう方針をとる組織がある。残念だけど、それがその組織の品性だ。

午後、思い出して急いでテレビをつけたら、甲子園の決勝はもう8回表になっていて12対2で負けていた。金足農……残念、勝って欲しかった。でもみんなの記憶には刻まれたよね。

今日はきのうに比べてあまりはかどらず、なんとなく暗いことを考えてモヤモヤした時間があったけど、「引き寄せを体験する学校」のことを思い出して気持ちを立て直した。思い出すだけで気持ちが戻るなんて、あの学校、いい。

8月22日（水）

サロンの壁面に額をいっぱいかける作業、ようやく再開した。6月くらいから止まっていたけど、やっと……。気持ちが乗って再開したらすぐにできた。もしかしたら、18日に「水星の逆光」が明けたからかも。

プリンスにお昼ご飯を食べさせてから、またサロンに行って、飾り付けの続きをする。楽しくなってきた。

未来に「それをやろう」と決めたら、そこに意識を向けて準備をしていけば、確実にそうなると思う。準備や方法がわからないことなら、そこを思ってワクワクしていると、その方法が向こうからやってくる。これも、必ずやってくる。

だから、そこに自分のワクワクする気持ち（情熱）がある限りは、それが「できるかできないか、本当にそうなるか」を心配するのは違って、考えるとしたら、「いつ頃そうなるか」だと思う。

8月23日（木）

再び、追われていることがなにもない日々になり、うれしい。

なんだろうね……。本を書いているあいだは、締切りはあるようでないし、自分の中に深く入っていくので、すごく落ち着くような、落ち着かないような、だ。でもその期間には「追われている感」はない。それよりも、作業自体は大変ではないけれど、しっかりと締切りがあるときのほうが、追われている感がある。

軽井沢でママさんが描いた絵「サーカス」をリビングにかける。すごくいい色合いだ。所々に、子供がいたずら描きをしたような絵も入っている。本当にいい。個性的で、センスがあって、さすがママだ。

「うれしいわ。すっごく気に入っているの」とママさん。額は、額用に作られている細い木を、絵に合う色に塗ったもの。額装すると、絵は本当によくなる。

やっと形になったヨットを電動ヤスリで削った。この作業は楽しい。まず木材の角の部分を滑らかに、さわっても角を感じないくらいの優しい手触りになるまで削る。あと表面も。削った木屑が目や喉に入るので、マスクをしてメガネをかける。プリンスが不思議そうに私を見つめていた。

デリバリーのピザを美味しく急いで食べる。

ヨットの色がまだ決まっていない。ヨットの隣にかけてある絵（まだ途中）に合わせて、青、赤、白のトリコロール調にするか。

ママ「もっと大人っぽい色合いでもいいわよね？」

帆「とりあえず、帆の一番大きな部分は白だよね？　船底は海を意識して青？」
マ「赤でもかわいいと思うわ」
帆「要は、どんなのでもいいということだよね」
とか話しながらテレビをつけたら、そこにパッとカラフルな船の絵が出てきた。子供用の番組。
「ちょっと！　見て!!」
船底は、赤！　その上はたくさんの色が使われている。
帆「やっぱり、何色でもいいんじゃない？（笑）」
そこで、さっき壁にかけた「サーカス」の色合いに合わせることにした。ちょっと大人っぽいヨット。部屋に共通点も出るしね。まず、白とオレンジと青の部分を塗った。

8月24日（金）
今日はきのうのやる気の半分もない。
タラタラとした気持ちで、ひとりでヨットの紺の部分を塗る。
プリンスの髪の毛を切る。つまんでカット、つまんでカットでとても楽。
友達にもらった「first curl」の入れ物に入れた。

夜中、「トンカチで杭《くい》を叩くおもちゃ」の杭を指で押し、逆さまにして、またはじめから押す……というおもちゃにはまり、延々と30分以上繰り返しているプリンス。私はそのそばで、先に寝た。

8月25日（土）

この時期の子供というのは本当にスポンジのよう。

毎日新しいことができるようになる。さっきのプリンスは、電気の調光パネルの下に自分の椅子を運んで、ボタンを押していた。

ボタンによって明るさが変わるたびに「おおおお」と言いながら。一番暗い4番を押したあと、夫が「もう少し明るくしてくれる?」と言ったら、もう一度椅子に登って1番を押していた。もうそんなことができるのね。

彼が「今日もプールに行こう」と言っているので行くことにする。

「とにかく水着さえあれば、他はなんとかなるから」

と言いながら何度もカバンの中を見ていたら、「このあいだもそう言ってたよ」と言われた。

子供プールにアジア系の外国人の妊婦さんがいた。臨月間近のようなお腹を出して、ビキニを着ている。

あれは、どうなんだろう。いくらクラブ内は半分アメリカルールだとしても、ここは日本だよね。妊婦が入るのはもちろんかまわないけど、せめてワンピース型の水着を着たほうがいいいんじゃないかな。

「昔はああいう会員はいなかったんだよね」と彼。

会員の質が下がったという話はよく聞く。クラブを維持するために入会枠を増やしたり、基準を下げたりね。こういう問題は、どこのクラブでもあることだろう。はじめの質をどこまで守るか……。

たしかに先週来たときも、「お金だけはある」というようなギラギラした若者カップルが大声でお金の話をしていたしねえ。まあ、よい部分だけを見よう。

プリンスは大人プールでパパと一緒にはしゃぎ、子供プールでは慎重にまわりの子供たちを観察していた。

8月26日（日）

また今日ものすごく暑い。先週あたりで酷暑は終わったかと思っていたけど、またぶり返したみたいだ。

今日はホホトモサロン。

世の中にはいろんな人がいる。お金と時間にルーズだからもっとしっかりした人になりたい、という人と、なんでもきっちりと予定を組んで片っ端からこなしていくのが好きだから、もっとルーズになりたいくらい、という人がいて、そのふたりが隣同士に座っていた。

でも……どちらも今のままでいいような気がする。

人に多大なる迷惑をかけない程度であれば、少々ルーズでも問題ない。

本当にルーズな人は、自分で自分のことをルーズだと思っていないからね。

ああ、いるなあ、私のまわりにもお金にルーズな人。最近は距離を置いたので「いたなあ」だけど。悪気はないのだろうけど、みんなでなにかをするときの支払いがいつもひとりだけ遅れたり、「行く（行きたい）」と言ったのに、いつも直前になると来なかったり。直前になって気が変わったのではなく（それならいい）、はじめから行く気がないのに、みんなの話についていくためだったり、「行く（行きたい）」と言ったほうがノリがよくて好印象、と思って言ったりするんだよね。そんな必要ないのにね。

まあ、こんな話はもういい。

他には……「自分がどうしたいのかがはっきりしていない」というケースが多かった。問題をよく聞いていると、「で、あなたはどうしたいの？」という部分がない。抜けている。それは「自分がどうしたいかは目の前の状況には関係なく、そんなものはかなうはずがない」という前提が心にあって、自分の希望なんて考えたことすらない、という場合も多い。

どんな状況のどんな問題でも、そこに自分が関わっている（目にして、影響を受けている）以上、「自分の一番望んでいることはこれ」というものをしっかりと心に思えば、そこへ進んでいく。トラブルを抱えている場合も、現実からできそうなことを思うのではなく、それに関して自分が一番理想とする状況を素直に思えばいい。

ここがたぶん、普通（従来）の考え方と違うんだよね。普通は、現在の状況からできることを考える、というものだ。だから「目の前の状況をよく見ろ」とか言ったりする。でも、それは実際に手をつけて進めていくときのことであって、イメージは常に、現況に関係なく自分が一番望んでいる状況を思い描くこと。そうすれば、そこにつながっている方法が自然と日常生活の中に降りてくる。そしてその方法は、現況から見てそこまで突飛なものではない。なので安心して大丈夫。

もし、自分がどうしたいのかわからなかったら「本当に望んでいることはなにかを知りたい」と宇宙にオーダーすればいい。必ず、そのヒントになることがやってくる。

サロンが終わってから、麻布十番のお祭りに行った。

行かなくてもよかった。すごい人のすごい暑さだった。ベビーカーに乗っているプリンスの高さではもっと暑かったろう。

「違うと思うけど……本当に行くの？」と言っていた夫が正しかった。

8月27日（月）

今日も暑い。朝食にフレンチトーストを作る。

「帆帆ちゃん、バター使い過ぎじゃない？」

と言われた。

1時頃、プリンスを1週間に一度お願いしているプレ幼稚園から、

「ずーっと泣いていて泣き方が尋常ではないので、どこか体調が悪いのかな？と思ってご連絡しました」

と電話があった。お弁当も一口しか食べていないという。

え？　それはおかしい、と思い、予定より30分早くお迎えに行く。

私が抱っこしたら泣き止み、車に乗る頃にはニコニコしていた。

家に帰ってからも残してきたお弁当を食べて、来ていた母と大喜びで遊んでいる。

これは……まぁ、成長過程のひとつだろう。

成長して、これまで違和感のなかった場所を嫌だと思うようになったのだろう。それと、プリンスはよい意味でプライドが高いから、自分の意に反して知らない人に抱っこされ、あやされて、無理にその場になじませられていくような子供扱いは嫌なんだよね。自分で納得して入っていきたいタイプ。うん、わかる。今はそういうときだ。

8月28日（火）

やはりプリンス、成長したのだと思う。きのうを境に、急に食事に好き嫌いが出始めた。これまであんなになんでも食べていたのに。そしてなんと、昨晩は母乳も飲まずに寝た！　すごい変化！

週末にある大阪講演にきている質問をゆっくり読んだ。90件近くある。その中のひとつに対して、「私だったらどうするかな」を考えていたときに、ふと「面白く捉えることって大事だよね〜」と思った。それを笑える方向から捉えるということ。それを楽しく面白く捉えただけで、その問題の重さが急に半分くらいに感じられることってある。そしてそう感じられたということは、実際に解決までの道のりが半分になったということだと思う。

それと、今直面している状況に対して「私はどうすればいいでしょう？」という質問がたまにあるけど、「どうしたらいいか、ではなく、あなたはどうしたいのか？」を聞きたくなるときがある。「私はこうしたい、でも難しい（どうすればいい？）」というのであれば、提案できるけれど。

自分の意思や希望がなくて「どうすればいいか？」という聞き方は、占い師に「これをやったら幸せになれますか？」と聞くようなものだ。それをやった結果、あなたが幸せを感じるかどうかはあなたの捉え方の問題なので、「幸せになれるかなれないか」を聞いても答えは得られない。大事なのは、あなたがそれをしたいと思うかどうか。

「こうすることが正解、不正解」というのはない。仮にあるとしたら、「〜したい」という自分の希望がまずあって、「そうなるためにはこうすることは正解、不正解」という場合だ。なので、まずは自分が本当に望んでいることはなにかを考えるといいと思う。実は、理想の形が一番かないやすい。だって一番本音でワクワクできて、そうなったら喜びを感じられることだから。

皆さまからの質問の答えを考えることで、いつも私が大事なことを思い出す。

8月30日（木）

「引き寄せを体験する学校」の生徒さんのために毎日カードを引いているけれど、今日のカードは「笑い」だった。はいはい、面白くね。

プリンスの食事にバリエーションをつけるのがなかなか大変、と思っていたところへプリンスの好き嫌いが変わったので、大人と同じようなメニュー（の薄味）ですむようになった。

午後は、講演会のひとりリハーサルをする。今回は「お金」についての話をしてみようと思う。なんとなく、そう思ったので。


今、ショックなことが！

ひとりリハーサルをしているときに、大阪の帰りに寄る京都でのホテルを予約していなかったことがわかり、慌ててネットを開いた。

ウェスティンに泊まろうと思っていたら、開いていた予約サイトに「今、このサイトで何人が予約しました」とか「こちらのサイトのほうが安いです」というような横ヤリが次々と入ってきて、「あ、そう、じゃあ、そっちのサイトにしようかな」とかやっているうちに、最後の1室が埋まってしまい、満室になった。

ちょっとぉーーーーーーーーーー、なんでよーーーーーーー。

はじめのサイトで予約しておけばよかったーーーーーーー。

どうしてあそこでモタモタしちゃったんだろう……だいたい、なんなわけ？　この突然入ってくるテロップみたいなのは……とか思ったけど、「いやいや、きっと今回はここに泊まらないほうがいいということだろう」と思うことにした。

そして友達に、京都で私が行くとよさそうな神社仏閣を聞いた。

すると30分後、「ズバリ、平安神宮です」ときて、「とにかくそのエリアにいるだけで気持ちがいいから、ぜひここでモーニングを食べてきて！」とカフェの写真がきた。

京都の蔦屋書店の2階にあるという。気持ちよさそうな写真……いいねえ！　あ、モーニングビュッフェがついているホテルに泊まらなくてよかったじゃん!!　そこで利便性だけを考えたホテルを予約する。

日本がアジア大会のリレーで金を獲った！　すごい。
録画していた映像を何回も再生した。そんな時代がきたんだね。

8月31日（金）

子育てについての考え方、常識は、本当に家庭によって違う。

たった一言でも違うふうに捉えられて、「ああ、違うんだけどな……でもこの人たちの価値観だと、そうとられるんだろうな」と思うことは多々ある。勝手に素晴らしく解釈されることもあれば、逆の場合もある（笑）。

自分の常識が他の常識とは思わないことだ。そして自分たちのやり方が一番だと思わないことだ……あ、思っていいんだけど、それを他人に押し付けないこと。それが鉄則。

9月1日（土）

今、大阪行きの新幹線。なんと、生まれてはじめて予定していた新幹線に乗り遅れた。講演会の日に！

品川のホームで乗り込むときに人がたくさん降りてきて、「え？　なんでこんなにたくさん人が降りるの？（さっき東京駅を出発したばかりでしょ？）」と思い、もしや……とドキドキして車内の表示を見たら、東京行きの新幹線に乗っていた。

大急ぎで反対側のホームに走ったけど間に合わず……ドキドキして次の新幹線に乗り、車掌さんに切符を交換してもらう。よかった、空いていて。

スタバで時間をつぶしていたくらい時間が余っていたのに、結局間違えて乗り遅れるって……でもまぁ、走り出す前に気づいてよかったよね。

ああ、まだドキドキしてる。

それにしてもさ、同じ発車時間（10：07）に、212号の上りと221号の下りがあるってどうなのよ！　しかもホームは隣！　まぎらわしい！　と鼻をフガフガさせる。

着いて、タクシーで会場へ。

今年も同じ顔ぶれの主催者の皆さまに挨拶をする。

開始前に、お客さまと会場のちょっとした問題が発生して、担当者たちがオロオロしているので、私が声をあげて指示を飛ばす。正直、なんで私が（それを仕切るために担当者がいるのでは？）と思ったけど、まあ、向き不向きってあるよね。私はいざというときの現場に意外と強い。そして今年から、私側のスタッフの同行をナシにしてひとりで移動するようにしたので仕方ない。

そんなこんなで15分遅れでスタートする。講演は滞りなく楽しく終わり、続けて事前に募集した質問の中から選ばれたものを答える。

その中に、こういうのがあった（割愛して書くけど）。

「昨今、自然災害が多く発生していて、どこかでずっと災害に対してビクビクしている。引き寄せの法則で考えると、常に万が一に備えていると本当に被害を受けそうな気がする。逆に災害を目の当たりにして、日常は当たり前ではないことを感じ、今を大切に過ごそうと思えたのも事実。日々ワクワク過ごそうと思うが、恐怖が拭えない今、また恐怖を忘れてはいけないような気もしている今、どのように過ごすことがベストか、帆帆子さんは災害についてどのように考えているか教えて欲しい」

会場で答えたことと併せて、私の考えはこう。

私は、（意外に思われるかもしれないけれど）「危険はいつもそばにある」と日々、思っている。今日出かけた帰りに交通事故に遭《あ》うことだってあり得るし、先日の事件のように、帰りの新幹線で異常な殺傷事件に巻き込まれることもあり得る。もっと言えば、歩いているときに上から落下物があるかもしれないし、工事現場の鉄骨が倒れてくるかもしれない。交差点で後ろの人がよろけたときに道路に押し出されるかもしれないし、明日、心臓発作が起こることだってあり得る。

ほんのちょっとの時間のズレで起こるときは起こるので、命の危険は日々ある。そう思うと、ビクビクするのではなく、逆に「その数々の奇跡をくぐり抜けて、今日も無事に生きることができた」ということへ感謝の気持ちが湧く。

なので、自然災害などがなにもないときも常に備えている。ホテルに泊まるときは必ず非常口や経路を確認するし（階段が実際に開くかどうか、試すときもある）、いざというときにどうするかは頭の中でイメージしている（子供ができてから、余計、そうするようになった）。それによって「これでよし、大丈夫」という安心感を得るためだ。そして安心感を得たあとは、いっさい考えない。

だからご質問をされた方が、災害を間近に見たことによって、今の幸せは当たり前ではない、と気づいて感謝して、万全の準備をなさっているのであれば「もう大丈夫！」だと思う。

（ここからは質問とずれるけど）自然災害は一度にたくさんの人に影響を与えるので悲しみが大きくなるけれど、交通事故で大事な人を失って悲しんでいる人は毎日どこかにいるし、悲惨な事件に巻き込まれた人の悲しみは、ニュースでの扱いが薄れても続いている。極端なことを言えば、世界のどこかでは、今も紛争が起きている。だから、

「大きな災害が起きたから、なにかを自粛しなければならない」

「哀悼の意を示すべき（示さない人はおかしい）」

とか言う人は、普段は災害について考えていないんだろうなと思う。じゃあ、その災害規模が小さかったら、それが無名の一家族のことだったらいいの？という感じ。

サイン会のあとも会場で待っていてくださったホホトモさんたちと写真を撮って、私は京都に移動。

予約していたホテルに行ったら、なんとアップグレードされていてプレミアムフロアの階になっていた。そして部屋番号は１１１。きたぁ！

1番は私のラッキーナンバー。なにかが起こるときは1番で知らせてくれる。今の状態、いいよ！というサインとしても。

夜は、京都の知人に会う。＠京都和久傳。

9月2日（日）

6時頃に起きてタクシーで烏山の蔦屋書店に向かう。タクシーに座ったちょうど前の目線の高さに、このタクシー会社のチラシがあって、そこに「一番株式会社」とあった（笑）。プリンスにライン電話をすると「マ・マー」と鼻息の荒い湿った声と顔が画面いっぱいに……元気そう。

蔦屋書店の2階のカフェにはまだ誰もいなかった。風が気持ちいい外の席に座る。モーニングセット（洋食）を頼んだ。

なんか、いいね、気持ちがいいし、楽しいことしか思いつかない。今だ、今のこのワクワクしているときに！と思って、未来の計画に思いを馳《は》せる。

隣の平安神宮に参拝した。こちらはサラッと。蔦屋書店のほうがパワースポットに感じた。夕食の買い物をして、お昼すぎの新幹線に乗る。

9月3日（月）

「いい気持ちで過ごしていたら、ホテルの部屋がアップグレードされていた」という話をフェイスブックに書いたら、こんなようなコメントがきた。

「さすがにそんな簡単なものじゃないでしょう？（中略）あなたは裕福な生活を捨てて病気になってても起こることはベストと捉えられますか？」

だって……トホホ。

そんな簡単なものじゃない、と思うでしょ？　それがそんな簡単な仕組みなんだよね……と静かに思う。

もう少し言えば、「誰が見ても最悪と思うような環境」に、今いるとする。でも、それはそうなる前に、そこまでひどい状況になるのを防げるポイントがたくさんあったはず。引き寄せの法則を理解している人が、それと同じ物事に直面したら、そんなひどい状態になる前に、その事柄のよい部分を捉え、気持ちが明るくなることだけに意識を向けていくので、そもそもそんな最悪の状況にはなりにくい。今からでも、その状況への捉え方を変えればいくらでも好転する。あぁ、この人がなにかをきっかけに、自分のまわりに起こる物事の仕組みに気づいてくれるように祈るばかりだ。

9月5日（水）

早朝のリビングのソファに寝転ぶ。うっすらと朝焼け。

世界は美しいものにあふれている。

プリンスとカフェへ。自分で歩きたくて少しもジッとしていないので、カフェのまわりを歩いた。私の手をふりほどいてノシノシと歩き、通りすがりの外国人に手なんか振っちゃってる、フッ。

30分ほど歩き回り、バギーに乗せたらすぐに寝た。

午後は中学の同級生が遊びに来る。

9月6日（木）

未明、北海道で大きな地震があったらしい。

自然の変化に富んでいるという特徴を持つ国に住んでいる以上、「ここなら絶対に安心」という土地はないなと思う。昔、この土地なら絶対に地震はこない、と言われていたエリアも今では同じ。

数日前にも書いたけど、自然災害が起きてようやく、今自分の住んでいる環境について知ったり、自然の力を恐れたりするのって……。後ろに山を控えた場所に住んでいるのであれば、いつ崖が崩れてもおかしくない（それが普通である）ことを覚悟しなければ。自然にとってみれば、砂や土は崩れるものだ。

今日も電気がつくことや、外に出るエレベーターが普通に動くことや、きのうと同じように家に帰ってくることができることを「よかった、幸せ」と思おう。

9月8日（土）

数日前、今考えていることに対してどうしたら答えが出るかなと思いながらカードを引いたら「自然の中に出る」というカードが出て、「できるだけ自然と触れるように」というようなことが書いてあったから、さっそく、いつものカフェへ行く。外の席は緑がいっぱい。

凪はあるけれど、暑い。

ママさんと合流してお茶を飲み、おもちゃ屋さんに寄ってゴムボールを買い、お昼のサラダとシナモンロールを買って帰る。

それから共同通信の原稿を書き、アメブロを書く。そのあいだ、プリンスは「崖の上のポニョ」を真剣に見ていた。このあいだ夫が、2歳くらいまではテレビ（画像）を見せないほうがいいんだって、という話をしていた。画面をボーッと凝視しているときが子供の脳によくないそうで、簡単に言うと、そのボーッとしているときに前頭葉が固まってしまうんだって。

「ポニョ」に関しては、プリンスの好きなシーンがいくつかあって、そこにくるとニコニコ手を叩くから、そこが終わったら、全部最後まで見せるのはやめようかな。

リビングの絵はほぼ完成したので、次にママさんが取り組んでいるのは玄関の絵。こちらもだいぶできてきた。リビングの海の絵と関連をつけるために、玄関は大きなヤシの木。今日はその木の下に大きなヨットが描かれていた。

9月9日（日）

うちで、パパさんの誕生日のお祝いをする。プリンスがいるので、外より帆帆ちゃんのところがいい、というパパさんの希望で。

この日のために用意したケーキとプレゼントをセット。意外なことに、一番喜んでいたのは「名前の文字を頭文字にして作るお祝いのメッセージ」。

あ　あなたの優しい心が
さ　寂しい人や弱っている人を癒し、
み　みんなの心を明るくしています。
ほ　帆を張ったヨットのごとく、
ほ　朗らかに進んでください。
こ　これからも応援しています。

というような……ね。これは私が自分の名前で、今10秒で考えたもの（笑）。これが一番喜んでいた。特にプリンスとパパさんのいい写真がたくさん撮れた。あ、弟も入れればよかったな。そうすると似ている感が出たのにね。

大坂なおみ選手って、最高にチャーミングね。自然体っていいなと思う。4大大会で優勝しちゃうなんて……。

お祭り気分で外に出たら、近所のお祭りに遭遇した。プリンスが目を丸くしているので、しばらく見る。「ワッショイ！ワッショイ！」というお神輿《みこし》って、どんなふうに映っているんだろう。

9月12日（水）

11月のファンクラブのセドナツアー、現地での手配がすべて整った。私も期待度大。セドナは変化のときにある人が行くことになるので、どんなことがあるかな……と。

夜は、コバケンさんの東日本大震災のチャリティコンサートでサントリーホールへ行く。私も友人を18名誘っていたので、みんなでゾロゾロと。

9月13日（木）

ヨットは赤と青（紺）と水色と白の4色に決まった。今3度目の塗りの途中。塗れば塗るほどテカテカと光り、よくなっていく。

今日の夜は、夫の友人のホームパーティーで南麻布の邸宅へ。

地下のお寿司バーがよかった。ハガティ駐日米大使ご夫妻がいらしていた。おふたりそろって大柄なのが印象的。

9月14日（金）

この部屋、いいよねえ、と毎日思う。

プリンスを連れて友人のお店に買い物に行く。ここはプリンスを連れて行けるので、今の私のオアシス。

このあいだのコバケンさんのコンサートにもご一緒したこのお店のオーナーに「このあい

だのコンサート、よかったわねえ。あれは帆帆ちゃんがコバケンさんと知り合いなの？」と聞かれて、固まった。

「え？　披露宴で演奏してくださったじゃないですか……え？　披露宴いらしてましたよね？（爆笑）」

「えええ？　あの人が歌ったんだっけ？」

と、相変わらずすっとぼけているオーナー。そこがいいところ。

買い物って、どうしてこんなに楽しい気持ちになるんだろう。

去年の日記「毎日、ふと思う⑰」が発売になった。タイトルは『育児の合間に、宇宙とつながる』。

9月15日（土）

きのう、夫がトリュフクッキーというのをいただいてきた。美味しいけれど、ものすごく高いらしい。フーム。

樹木希林さんが亡くなったらしい。えええ、早すぎる……。

奇遇にも、今日はお墓参り。外は大雨。

親戚の車1台が1時間くらい遅れてきて、疲れた。そのあいだ、車の中でおとなしく待っていたプリンスは偉い。私の弟の膝に乗って、弟のヒゲをジーッと見たり、弟とムニュムニュふざけながら1時間。大雨なので外に遊びにも出れず。終わってから、叔母《おば》の家の近くのお蕎麦屋で直会《なおらい》をする。

なんだか今日は体がだるくモッタリとしている。気持ちも晴れない。

夕食後、ここは掃除でもしようとキッチンや洗面所のシンクを磨いていたら、だんだん元気になってきた。

9月16日（日）

このあいだの講演会で、はじめて「お金」の話をした。

なんでかな、お金についての引き寄せは、他と違う特殊なことと思っている人が多いようだ。まったく同じだと思うけど。つまり、得るそのお金によってなにをしたいかをワクワクとイメージすることだ。だから、単に貯金したいとか、将来が不安だから欲しい、みたいなエネルギーではこないよね。

そして「動かすこと」は大事。使うときには感謝のエネルギーで気持ちよく使いたい。お金を使うことができてうれしいなあ、という気持ちで。

その講演会の「お金の話」とは関係ないのだけど（笑）、やっぱりお財布を作りたいと思うので、今、いろいろと調べているところ。作りたい形は決まっているので、あとはどこまで実現できるか。

9月17日(月)

今、北原邸でのホホトモハッピーパーティーから帰ってきたところ。とっても楽しかった。天気もよく晴れて暑いくらいだったし。やはり海の近くはこれくらい晴れないとね。

それに、北原さんの話は本当に人を明るくする。一番心に残ったのは、「体は食べるもので作られる、未来は話す言葉で創られる」という言葉。

もっと使う言葉に気をつけよう。そして、日々にある明るいこと、楽しいことにもっと焦点を当てようと思う。北原さんと話していると、自然とそう思う。それは北原さんご自身が、口だけではない実践者だからだ。

とにかく、肯定的な受けとめ方しかしない北原さんにためしに、「今、北原さんは自分に点数をつけるとしたら何点ですか?」という例の質問をしてみたら、案の定「そんなの120点満点だよ(笑)」と答えていらした。そうだよね。

もうひとつよかったのは、「人の悪口は絶対に言わない、と決めている」ということ。「悪口言ってもお互いにいいことなんてひとつもない、相手のそれが直るわけでもないし」

本当にそうね。誰でもついやってしまうのが他人の批評……でも、そんなことする意味、ないよね。

もちろん北原さんにだって生きている以上いろいろなことが起こっている。「え？　そんなことがあったんですか？」ということも。でも、それを「憂うつ、不安、困った」と捉えず、その中で見つかる明るく楽しい面にフォーカスしているので、いつの間にか解決し、「大変な悲惨なことが起こった」という感想にはなっていない。それは思い込みではなく、事実、そういう結果にはならない。

パーティーの前後、旬子さん（奥様）ともゆっくり話した。

「なんにも嫌なことが起こらない人なんていない、どんな人でもね。だから、それが起きたときに、さっき帆帆ちゃんが言ってた『気持ちが明るくなるほう』へどれだけ自分の気持ちを持っていけるか、よね」

旬子さんは昔、割と白黒はっきりつけるほうだったんだって。

「パパ（北原さんのこと）にもね、『さっき言ったことと違う！』とか言ったりしてたのよ。信じられないでしょ？　それがだんだんと、そんな必要ないなって。それを主張したところでどうしようもないなって、だから今はかなりファジーよ（笑）」

と可愛らしく、深いことを話していた。

それ、あるよね。グレーのままにしておいていい部分。私も白黒つけたいほうだから、学ぼう。私も含め、ホホトモの皆さまが北原さんのお話に触れることができてよかった。

参加者の中に、「帆帆子さんのアドバイスの通りにしたら、娘の難病が治り、夫が昇進した」という方がいらした。どうしようもない厄介なご自分のお兄さんの話で、それを相談さ

プリンスは、こちらの話していることがかなり細かい部分までわかっているようなんだけど……。たとえば、「これを台所の棚に戻してきて」とか、「これは靴箱に入れてきて」とか「バーバの着替えはどこだっけ?」とか言うと、言われた通りの場所にしまったり、バーバのTシャツを持ってきてくれたりする。教えたことは一度もないのに。このあいだも、「車の鍵がない」と私がつぶやきながら探していたら、持ってきた……。

男性ハワイアンを踊る
今朝のふたり
エッホッホ
ヤッホッホ

9月22日(土)

「考え始めたときはワクワクしたのに、そのワクワクがすぐに消えてしまうんです」

という質問をよくいただく。

わかるわかる。たとえばきのうの私の新しいデザインに対しての気持ちの盛り上がりが、すぐに消えちゃう、というようなことだよね？

それでいいの。私も今、きのうほどの盛り上がりはない。それはまだ、自分の望んでいる１００％のものではないからだと思う。そうしているうちに、自分が本当に望んでいる形にだんだんと近づいていく。自分好みのものをゆっくりと集めている期間。だからワクワクしなくなったらほうっておいていい。ワクワクが戻ってきたら、またそこから考えればいいから。それが、毎日、次の日も寝ているときもずーっと考えちゃうくらい気持ちが盛り上がってきたときが動くとき。


今日は結婚記念日のディナーで、はじめて「東京倶楽部」のダイニングへ行く。中は写真NGなので記念写真は家の近くで。

時代を忘れさせるような独特のエネルギーが流れている。昔の東京会館のような洋食だなあ、と思っていたら、「だって東京会館が入ってるんだもん」と夫。

よかったのは、携帯の使用が禁止されているので、邪魔されずにゆっくりと話ができたこと。入るときにカバンも預けるしね。

私は、そのときの会話に必要な情報を調べるためだとしても、会話の途中でスマホをさわられるのはあまり好きではない。たとえばレストランの話をしていて、その名前が思い出せなくて検索、というような場合はいいけれど……いやでもそういうときも、レストランの名前の話をしているのではなく、もっと伝えたい別の話をしていることが多いから。

ゆっくり話して、食後にバーでお酒を飲む。

9月23日（日）

今日も晴れ。３連休の真ん中。

プリンスの朝食を持って近くのカフェへ。

ママさんと樹木希林さんの話をする。本当につくづく、もっとあのご様子を拝見していたかったね……と。

今朝、希林さんの「アエラ」の昔の取材記事を読んで、爆笑した。

「手土産はいらない、だって包装紙を破って箱を捨ててって大変じゃない。私は自分の食べたいものは自分で買うわ」

とか、

「映画会社のポスターとかも送ってくれなくていいっていうの。だって切ってメモ用紙にするのも大変じゃない」

とか……予想通り。

そして不動産好き、そこがなによりも好きなところ。「ぴったんこカン・カン」で希林さんのご自宅訪問の再放送をやっていたけど、何度見ても面白い。

市原悦子さんと假屋崎省吾さんの自宅を訪問したときなんて、大理石とシャンデリヤとギラギラしたインテリアが好みではない希林さんが、假屋崎さんの自宅にまったく関心を示さなくて、大笑い。私もそういうインテリアは好みではないので、気持ちわかる。だからテレビって大変だよね。大抵は「素敵ねえ」とか「よくできていますね」とか言わなくてはいけないから。

実は昔、希林さんの所有する物件を賃貸していたことがあり、今住んでいるところも面白いご縁があるので、いつかお話することもあるかもしれない、なんて思っていたのに。天国でもお元気にマイペースにお過ごしください。

夕方、プリンスと近所を散歩していたときに通ったお花市で、大きなとうもろこしが乾燥したようなドライフラワーを6本買う。8000円。

帰り道、疲れがマックスになっているプリンスが、それでも自分で歩きたくてバギーに乗らず、よろよろ走って転倒、コンクリートの道路に顔をぶつけて泣く。ゴンッ……あの鈍い音は、痛いね。

玄関の絵のヤシの木の下に描かれていた大きな貝殻がまた消されている。これまで、ヤシの木の下に男の子が描かれ、それがヨットになり、最近貝殻になって、次は何？と思っていたところだった。「やっと方針が決まったわ」と鼻息を荒くしているママさん。

10月のはじめに自宅で撮影があるので、それまでに玄関の絵とリビングのヨットと、ソファのクッションカバーを完成させたい。

「あと、ランプシェードにどうしてもプリンスに絵を描いてもらいたいのよ」

とか言ってるママさん。

え？　そこ、そんなに緊急？　そこをやっても部屋の雰囲気はそれほど変わらないと思うけど。

9月24日（月）

今日は一日家にいて、掃除をする日にしよう。そう思ったらすごく楽しくなる。普段かけていない家具の下や隅のほうに掃除機をかけたり、食器洗浄機のパーツを洗ったりしたい。

夫のラインから返信がないなあと思っていたら、アイフォンが壊れたらしい。

アイフォンXはすぐにこないそうで、アイフォン8plusを注文したらしい。

携帯やパソコンや家電関係が壊れるときって、「変化のとき、ステージが上がるとき」という捉え方がある。そうそう、私のほうも、数日前からアイロンと掃除機の調子が悪いから、そうなのかも。身のまわりを整えているときだしね。


チームラボ豊洲が今月いっぱいだそうなので、予約した。プリンスとママさんとチーちゃんと。プリンスに刺激があっていいかと思ったけど、ネットを見てみたら……刺激以上かもしれない。水の中を歩くとか、沈むクッションの部屋とか、「大人でも沈みすぎるので子供は抱えて渡るように」とか書いてある。

まあ、泣いたら出ればいいしね。楽しみ。

9月25日（火）
夫が、切り裂き魔が出てくる流血シーンだらけの恐ろしい夢を見たらしい。
「怖かったぁ、生首とか出てくるの」とか言っているのでネットで夢診断を見てみると、流血の夢は「変化の兆し、バージョンアップなどを意味する」とある。ほほ〜。内容によっては「急激な運気上昇」なんてのもある。
「ほらね、やっぱり」と、最近感じている変化の話をする。

「そ〜？　数日前から、流れが悪いんだよね」と言うので、
「そんなふうにとることないよ。これをきっかけに流れが変わる、と思ったほうがいいし、私はそう思うよ」と話す。

夜、明日のチームラボについて、行ったことのある友人から、「スカートの中が見えないような格好で、ズボンもまくり上げられるものにしないと濡れちゃうよ。濡れたら即退場になるから」というラインがきた。

え？　そんな厳しいの？　と洋服を変更。プリンスの着替えも2組持つ。

9月26日（水）

夫のアイフォンのデータ移行がうまくいかないらしくて、一日経ってもまだiCloudが動いているらしい。

思えば数週間前に、プリンスにスマホをお風呂場に沈められたときに、修理に出しておくべきだったと思うのに、変わらずに動くからそのまま使っていたなんて、信じられない。5分も水没していたのに動いていることへの感謝が足りない！「よかった、ラッキー」と思ったら、すぐに修理に行くべき、それをほうっておくから海外出張に行く直前にこういうことになるんだよ……とかブツブツ思うけど、私が考えるのはやめよう。夫の会社の人たちに任せよう。

思えば去年の今頃も、披露宴とNYUのイベントでものすごく忙しくて大変そうだった。毎年、この時期はこうなる流れか……？

10時前にチーちゃんがうちに来て、チームラボへ。

着いて、アイフォンに届いていたQRコードチケットを出そうとしたら、出てこない。それを送ってきたメールをもう一度見ようとしたら、メール自体がなくなっている……。焦ってDMMの相談センターに電話したら、購入履歴がないという。そんなはずは……だって完了メールについていたQRコードのチケットを一度開いて確認したもの……。それは購入した人にだけ送られるものでしょ？　それでも履歴がないとメールの再送ができないそうなので、仕方なく、もう一度購入。チケットがまだあってよかった。

さて、気を取り直して入場。

うーん……発想は面白いかもしれないけれど……薄っぺら。子供にはちょうどいいかも。

9月27日（木）

夫がニューヨークに行く朝。スマホも壊れたし、「数日前から流れが悪い」なんてガッカリしている彼を励ましました。

「これはもう完全にステージアップのサインだから、ニューヨーク、楽しんだほうがいいよ！　行く前で本当によかったじゃない！」

と、準備を手伝って送り出す。いや、ほんと、行く前でよかったと私は思うけどな。

9月28日（金）

なんだか、また暑くなってきた。

ニューヨークの彼から、ライン電話。

ホテルの近くのバーで隣に座ったアメリカ人が思わぬ人で、すっかり仲良くなったらしい。最近ご無沙汰しているレストランにも行ったり、ちょっとしたラッキーなこともあったりして、「だんだん元気になってきた」とか言っている。

9月29日（土）

金木犀《きんもくせい》の香りがしている。この時期になると必ず香ってくるのが不思議。

プリンスも自分のお茶を持ってきて、外を眺めている。


今日はホホトモサロン。これまでの会場を移して、今日からアークヒルズクラブの個室で開催。

今回は、メンバーがみんな「変化のとき」にいるように感じられた。

具体的な人生のイベントが起ころうとしている人もいたし、長年思ってきたことの答えがいよいよ出る人もいたし。

ずーっとやめたいと思っていた会社に10年以上勤め、この年末でいよいよやめることになっているという人（Aさん）がいた。すごい……やめたいと思いながらそんなに長く働けるなんて、ひとつの才能だと思う。私がその気持ちを抱えたまま会社にいたら、使いものにならなくてすぐに解雇されると思う。その状態でも仕事に支障が出ずに働けるなんて……。

ちょうど20年近く前に、同じような状況で10年勤めた会社をやめて起業した人がその場にいらした。その後素晴らしい展開をして、今とても順調に会社を経営されているらしい。「会社をやめたあとのことは今何も決めていない」というAさんにとって、すごく励みになる経験談だと思う。

その、今とても順調に進んでいる人が涙ぐんでいるので、「で、どうしてあなたが泣いているの？（笑）」と聞いたら、「なんだか当時を思い出して」と言っていた。まさに変化のとき。

夫からライン電話。無事にNYUの表彰式も終わり、とても充実した楽しい時間だった様子。いただいた記念のトロフィー（と言うか、盾？）が、透明でヨットの帆みたいで素敵。そう、今回のニューヨークは、昨年夫が主催して日本で開かれたニューヨーク大学の同窓会イベントが、昨年の「イベント・オブ・ザ・イヤー」に選ばれたので、表彰されに行ったのだった。

トランプ政権になった影響か、NY5番街の様子はすっかり変わっていて、昔あった本屋

やおもちゃ屋もなくなり、

「この界隈では高額のものしか買ってくれるな、っていう感じだね」

と言っている。夫の後ろに見えているエンパイヤーステートビルを指差したプリンスは、

「おおおお！」と声をあげている。

9月30日（日）

きのうのホホトモサロンはよかったな。毎回満足して終わるけれど、これまでと雰囲気が変わった……そうか、会場が変わったからだ。

玄関の絵が仕上がった。はげかかったヤシの木のみになる。二転三転していたけれど、これまでの中で一番いい。額に、ヤシの木の幹の部分と同じ焦げ茶色を塗って、「よっこらしょ」とふたりで壁にかけた。

続けてヨットの色塗りの最後の仕上げ。こちらもやっとここまできた。はじめ、私のひとりのときにプリンスがいると色塗りができないな、と思っていたけど、「ここは塗ったばかりだからさわらないでね」としっかり伝えておくと、ちゃんとわかって寄ってこない。

今、急に「至福の波」がやってきた。

たまにやってくるワクワクの波。どんなときにくるのか興味があるのだけど、わからない。もう、いいことしか起こる気がしない、というこの感覚。

思えば、今年の前半はなんとなく落ちていた。部屋が決まったあたりはうれしかったけれど、どこか心もとないと言うか、向かっている方向がわからなくなったというか……。穏やかすぎて……言うなれば、「凪《なぎ》」。風がとまっていた。かと言って、穏やかで満ち足りている、という感覚とも違ったな。

凪のあいだに考えたことは、結構私の本質だった気がする。

私は先に向かっていることがないと（それが見えないと）、心もとなくなるのかも。向かっていることがすごーく先でも、現状から見ると実現不可能なことでも、「これがやりたい」というものに向かっているときがワクワクする。いつもそこを思って生活するから。それが見えなくてモヤンとしていたけれど、生活を立て直した途端、再び見えてきた。「そこに進んでいいんだった」と思い出した感じ……再び出航かな。

やっぱり、日常生活がわさわさしていると未来は霞《かす》む。煩雑な部屋、やることに追われた日々、生活動線の悪さ、それらは総じて自分を苛立たせるし、未来の映像ややる気やイメージをしぼませるんだよね。

さっぱりと整えられた部屋や、スピーディーなソフトインフラの整備というのが、これだけ生活を変えるか、と思う。

あとがき

2018年の前半は、理想通りの部屋が見つかり、子育ても本格化、旅行などにも行けるようになって動きはありましたが、心のイメージは「凪」でした。「凪＝無風」……かと言って、「穏やかに先を見つめている状態」とも違い、まるで大海原の真ん中に浮かんでいるヨットのよう。進める方向は360度、さてどっちへ進むか、進みたいか。

「凪のあいだに考えたこと」は意外と多く、気づけば2冊近くの分量になっていたため、今回は9月末までを収めさせていただくことになりました（続きも近々予定されています）。

無風状態で静かに考えたことにより、自分の本当に好きなこと、生活に欠かせないことが見え始め、後半からようやく「風が出てきた」気がしています。

廣済堂出版の伊藤岳人さん（Iさん）、登場してくれる大事な友人たち、家族、そして読者の皆さまに変わらずの感謝をこめて。

またすぐにお目にかかれますように。

2019年夏　浅見帆帆子

本書は書き下ろしです

著者へのお便りは、以下の宛先までお願いします。
〒101-0052　東京都千代田区神田小川町2-3-13 M&Cビル7F
株式会社廣済堂出版　編集部気付
浅見帆帆子　行

公式サイト
http://www.hohoko-style.com
公式フェイスブック
http://facebook.com/hohokoasami
アメーバ公式ブログ「あなたは絶対！運がいい」
https://ameblo.jp/hohoko-asami
浅見帆帆子デザインジュエリー「AMIRI」
http://hoho-amiri.com
ダイジョーブタ ツイッター
http://twitter.com/daijobuta

引越し、ヨット、凪《なぎ》、出航

毎日、ふと思う⑱　帆帆子の日記

2019年 9月10日　第1版第1刷

著　者 ―― 浅見帆帆子
発行者 ―― 後藤高志
発行所 ―― 株式会社廣済堂出版
〒101-0052 東京都千代田区神田小川町2-3-13　M&Cビル7F
電話03-6703-0964（編集）　03-6703-0962（販売）
Fax 03-6703-0963（販売）
振替00180-0-164137
http://www.kosaido-pub.co.jp

印刷・製本 ―― 株式会社廣済堂

ブックデザイン・DTP ―― 清原一隆（KIYO DESIGN）

ISBN978-4-331-52252-3 C0095